낯선
여행길에서
Life is a Journey
우연히
만난다면

✱이 책은 2007년도에 출간된 『낯선 여행길에서 우연히 만난다면』 개정판입니다.

낯선 여행길에서
우연히 만난다면 |개정보증판|

초판 1쇄 | 2012년 12월 17일

글 · 사진 | 이지상

발행인 | 김우석
제작총괄 | 손장환
편집장 | 이정아
책임편집 | 손모아
마케팅 | 공태훈 김용호 이진규
제작 | 김훈일 박자윤 임정호
저작권 | 안수진
본문 디자인 | 올디자인
표지 디자인 | 권오경 김효정
출력 | 한국커뮤니케이션
인쇄 | 미래프린팅

발행처 | 중앙북스(주)
등록 | 2007년 2월 13일 (제2-4561호)
주소 | (100-732) 서울시 중구 순화동 2-6번지
구입 문의 | 02-2000-6179
내용 문의 | 02-2000-6063
팩스 | 02-2000-6174
홈페이지 | www.joongangbooks.co.kr

ISBN 978-89-278-0400-0 03810

ⓒ 이지상, 2012

오래된 여행자
이지상 산문집

낯선
여행길에서
우연히
만난다면

Life is a Journey

중앙books
JoongAng Ilbo

인도 카주라호의 호숫가에 여행자들이 앉아 있었다
석양에 비친 그들의 뒷모습을 보며 가슴이 뭉클했다

떠나왔을 때 수많은 사연들이 있었겠지
그리고 돌아가면 또 수많은 각자의 사연들이 기다리고 있겠지
콩깍지 속의 콩들
이제 여행이 끝나면 다시 저 험한 세상 속으로 흩어지리라
세상을 외롭게 낱개로 굴러다닐 콩들아
더욱 단단해지고 어디에서든지 뿌리를 내리거라

콩들아 잘 살아야 해

늘 세상 밖을 그리는 당신에게

나는 늘 세상 밖으로 나가고 싶었다. 아주 어린 시절부터 낯선 세계가 그리웠고 고등학생 시절에는 밀항을 꿈꾸며 인천 항구를 어슬렁거렸던 적도 있다.

'아, 저 배에 숨어든다면 나는 몇 달 후에 아프리카나 중남미에 가 있을 텐데……'

그런 열망을 안고 바다를 바라보다 한숨을 쉬며 돌아섰다. 나는 그 시절 공부도 싫었고 모든 게 의미 없어 보였다. 다만 자유를 찾아 저 드넓은 곳을 여행하고 싶었으나 그 시절 여권을 얻는다는 것은 하늘의 별을 따는 것만큼 어려웠다. 결국 세상 사람들이 다 걸어가는 길을 따라 대학을 갔고 직장을 가졌으며 한동안 열심히 살았다. 그러다 해외여행 자유화가 되던 1988년 10월, 마침내 결심했다.

'이제부터 나는 남의 정신이 아니라 내 정신으로 살아갈 테야!'

가을바람이 솔솔 불어오던 어느 날 나는 사표를 냈다. 그리고 2주일 후 홍콩행 비행기에 몸을 싣고 하늘로 치솟았다. 내 생애 가장 눈부신 날들이 시작되는 순간이었다.

어느덧 여행하고 글을 쓰는 생활을 한 지 20년이 되어간다. 요즘은 많은 사람들이 전 세계를 여행하고 있다. 가끔 낯선 나라에서 무거운 배낭을 메고 묵묵히 길을 걷는 여행자들의 모습을 보면 가슴이 울컥해진다.

과연 무엇 때문에 우리는 이렇게 세상 밖으로 향하는 것일까?

나는 그들이 세상을 굴러다니는 콩처럼 보였다. 나와 같은 콩깍지 속에서 살다가 더 넓은 세상을 보고자 튀어나온 콩들. 길에서 다시 만난 내 형제자매와 같은 콩들. 그러나 여행을 마치면 다시 저 험난한 세상으로 흩어지겠지…….

나는 블로그를 통해 많은 여행자들과 소통했고 가끔 떠남을 고민하는 사람들에게 이메일로 답장도 주었다. 그런데 무조건 '떠나라'는 말을 할 순 없었다. 왜냐하면 여행은 한 시절이지만 삶은 길게 이어지기 때문이다.

하지만 무조건 세상에 딱 달라붙어 사는 것이 행복한 것일까?

그것은 결코 아니었다.

나는 아직 콩깍지 속에 있는 콩들에게는 저 넓은 세상을 얘기해주고 싶고, 세상을 많이 굴러다닌 콩들에게는 이제 땅에 뿌리를 깊이 내리자는 얘기를 하고 싶으며, 여행과 현실 사이에서 늘 세상 밖을 그리는 콩들에게는 희망찬 꿈을 소박하게 키워가자는 얘기를 하고 싶다.

이제 약 2년에 걸쳐 쓴 글들을 다듬고 정리해서 책을 낸다. 밤을 지새우며 얘기를 나눴던 수많은 여행자, 나보다 더한 열정을 갖고 책을 만들어낸 편집자, 그 내용에 예쁜 옷을 입혀준 디자이너, 그외 많은 분들의 애정과 땀과 수고가 이 책에 듬뿍 배어 있다.

책아, 수많은 사람들이 그랬듯이 너 또한 세상을 여행하며 스스로 성장하거라. 네가 만날 많은 인연들을 축복하고, 또한 그들의 축복을 받으며 길게 뻗어나가거라.

오래된 여행자
이지상

돌아온 여행자들에게

이 책이 나온 지 벌써 5년이 지났다. 원래 블로그에 실린 글은 책을 위해 쓴 것이 아니고 잡지에 실린 것도 아니었다. 그럴 만한 상황이 아니었다. 그 시절 모든 여행 책들이 '떠나라'를 강조하고 있을 때, 오래된 여행자인 나는 돌아와서 뿌리내릴 궁리를 하던 중이었다. 한동안 노마드적인 의식을 갖고 살다가 뿌리를 내리자니 서툴렀고 힘도 나지 않았다. 이것을 어떻게 극복하는가가 나의 화두였다.

 그러나 여행기를 읽는 독자들은 여전히 '떠나라'라는 메시지에 희망을 얻는 것처럼 보였다. 나 역시 20여 년 전 직장을 그만두고 떠났으며, 그 속에서 삶의 희열을 느꼈고 요즘도 종종 그런 정신으로 살아간다. 그런데 사람이 항상 여행하면서 살아갈 수는 없었다. 어쨌든 우린 언젠가 돌아오며, 이 땅에서 돈을 벌어야 하고 관계 속에서 살아가야만 한다. 그런데 그게 쉽지 않았다.

이 글들은 그걸 이겨내는 과정에서, 주변의 방황하는 사람들끼리 소통하며 블로그에 썼던 글들이다. 그런데 이 글들을 눈이 밝은 편집자가 발견하여 책으로 만들어지게 되었고 생각보다 많은 독자들에게 사랑을 받았다. 해외여행 자유화 이후 20여 년 동안 우리 사회에도 고민하는 '돌아온 여행자들'이 많이 생겼던 것이다.

나는 이 책을 통해서 '떠나라' 혹은 '떠나지 말고 뿌리를 내려라'라는 해답을 준 것이 아니다. 각자의 사정이 다르고 성향이 다른데 어떻게 획일적인 답이 있겠는가? 다만, 먼저 자신을 살펴보고 여행과 삶이 무엇인가를 돌아보게 하고 싶었다. 또 세상을 단번에 변화시키지 못하면 우선 자신을 변화시켜야 하고, 삶은 우리 스스로 만들어 가는 것이란 이야기를 하고 싶었다.

그런데 인간이란 허약하다. 나는 체험 속에서 길어 올린 글로 책까지 냈음에도 불구하고, 생로병사의 시련이 눈앞에 닥쳐오면 늘

불안했고 괴로웠다. 다시 그것을 이겨내는 과정이 개정판에 새로 실린 'story5 – 용감하게 살아야 해'이다. 요즘 나의 화두는 '용 감하라'이다. 세상이 각박하고 힘들수록, 종종 휴식도 취하고 떠 나기도 하지만, 결코 삶으로부터 도피할 수는 없다. 용감하게 헤 쳐 나가야 한다.

나는 계속 변해왔고 또 변해갈 것이다. 그 변해가는 과정을 보여

주면서 독자들과 같이 성장하는 것, 그게 내가 글을 쓰는 의미다. 많은 분들이 이글을 읽으며 힘을 냈으면 좋겠다.

이 책을 사랑해주신 분들, 앞으로 사랑해주실 분들, 처음 이 책을 만들었던 편집자, 그리고 개정판을 내는 데 수고를 아끼지 않은 편집자와 디자이너 여러분, 흔쾌하게 개정판을 내도록 결정을 내린 중앙북스에 감사드린다.

contents

여는 글 늘 세상 밖을 그리는 당신에게 · 06

새 옷을 입히며 돌아온 여행자들에게 · 10

프롤로그 여행, 그 한 번의 아름다운 생 · 18

story 1
여행과 현실 사이

갈매기의 꿈 · 28

어느 날 잠수하고 싶을 때 · 30

길에서 만난 여행자들 이야기 · 36

매트릭스 같은 세상 · 46

잃어버린 시간을 찾아서 · 52

여행 후유증 · 62

여행과 삶, 풀고 조이고 · 68

지금이 아니어도 괜찮아 · 74

장기 여행 전성시대 · 80

떠나는 사람과 떠나지 않는 사람 · 86

Life is a journey · 90

story 2

길에서 주운
빛나는 것들

여행은 삶 속의 숨은 그림 찾기 · 98

세계의 음식과 언어를 알아가는 기쁨 · 102

구도의 길을 가는 여행자 · 112

느리게, 느리게 걸어봐 · 116

소년의 눈빛 · 122

인도를 대하는 몇 가지 자세 · 128

혼자 남는 연습 · 136

나도 시에스타가 있었으면 좋겠다 · 138

가슴으로 만나는 세상을 그리며 · 144

사막의 로망 · 152

우리는 너무 바쁘게 살았어 · 156

길 위의 불운이 비껴가기를 · 160

물고기 밥 주던 사나이 · 166

언제, 어디서 또 만날까? · 170

story 3

여행자로 살고
싶으세요?

나는 자유 · 184

머리에 잠시 쓴 모자 · 190

유목은 유유자적이 아니라
치열한 삶이다 · 196

나의 길동무들 · 200

여행 작가가 되고
싶어요 · 204

여행기 쓰는 즐거움과 괴로움 · 210

여행에 대한 한계효용 체감의 법칙 · 216

카르페 디엠! · 218

적게 먹고 적게 갖자 · 222

여행은 너, 나는 나 · 226

용감하게 자신의 길을 가면 돼 · 228

story 4

지금 그곳에서
행복해야 해

삶은 우주의 중심으로 향하는 여행 · 238

제가 떠나도 될까요? · 242

토토, 절대로 뒤돌아보지 마 · 246

돌아온 여행자에게 고함 · 250

사소한 것의 아름다움 · 256

꿈은 만들어가는 거야 · 260

외로운 이들에게 · 268

재즈처럼 살 수 있다면 · 272

당신의 터닝 포인트는 언제인가? · 276

인생의 봄 여름 가을 겨울 · 282

나에게는 꿈이 많지 · 288

story 5
용감하게
살아야 해

배움은 나의 힘 · 298

꽃피는 봄날은 위대하더라 · 300

하늘이 주는 감사한 선물, 병 · 304

나는 체념하면서 용감해져 갔다 · 308

이것이 생이다 · 312

헌남한 세상에서는 더듬이를 줄여라 · 316

줄타기 인생, 그걸 즐겨야지 · 318

나는 불타는 영혼이 되고 싶어 · 322

에필로그   낯선 여행길에서 우연히 만난다면 · 332

프롤로그 여행, 그 한 번의 아름다운 생

#떠나다
떠나는 순간은 운명처럼 다가온다.

누구나 떠나는 이유는 다르겠지만 떠나는 순간만큼은 운명처럼
다가온다. 거리에서 카페오레의 향기를 맡다가 불현듯 파리로 갈
테야라며 배낭을 싸는 학생들도 있고, 허망하고 피곤한 삶에 지
쳐 사표를 내고 운명처럼 떠나는 직장인들도 있다. 또한 휴가나
방학을 맞아 즐거운 마음으로 세상을 향해 뛰쳐나가는 이들도 있
다. 그곳에서 그들은 잠시 잊고 있던 춤추고 노래하는 신나는 축
제로서의 삶을 발견한다. 모든 걸 훌훌 털고 떠나는 여행자는 이
제 그 속에 자신을 던지며 무한한 자유를 맛본다.
그것은 떠나는 자만이 누릴 수 있는 하늘의 축복일 것이다.
높이 나는 새가 멀리 본다고 하지만 멀리 보고 싶은 의지가 있는
새만이 높이 날 수 있다.

#만남과 이별

길을 가면 많은 것을 만나게 된다.

수많은 볼거리는 물론 수많은 순간들도 만난다. 유럽의 어느 뒷골목 카페에서 카푸치노 한잔을 마시며 노래를 듣던 평화로운 순간, 열대 해변가의 야자수 나무 그늘에서 뒹굴며 게으름을 피우던 순간, 아프리카의 끝없는 대초원을 달리던 순간, 인도의 이등 열차 칸의 덜컹거리는 침대에 누워 천당과 지옥 사이를 오가는 듯한 묘한 환상에 빠지던 순간…… 그 모든 것이 순간의 만남이다. 사람과의 만남도 있다. 토마토케첩을 얼굴에 뿌리고 배낭을 채가는 도둑부터 기차역에서 노숙하는 아와 안경까지 벗겨가는 좀도둑도 만난다. 인종차별을 느끼게 하는 냉대 앞에서 슬픔을 꾹꾹 씹을 때도 있고 인종을 초월한 인류애 앞에서 감동하기도 한다. 추운 겨울날 길을 걷다가 배추 장수에게서 공짜 차를 대접받아 눈물이 핑 돌 때도 있다.

또 수많은 감정과도 만난다. 딱딱한 빵을 씹어가며 배고픔과 서러움을 느껴보기도 하고, 인심 좋고 물가 싼 나라에서 풍요로움을 만끽하기도 한다. 아름다운 여인, 혹은 매혹적인 남자의 눈빛에 가슴이 설레기도 하고, 숙소를 찾기 위해 밤거리를 헤매다 외로움과 두려움에 몸을 떨기도 한다. 또한 화장터 옆에 앉아 삶의 허망함에 눈물을 흘리기도 한다. 그리고 수많은 이별이 있다. 평범한 삶을 살아가는 사람들이 평생 겪어야 할 만남과 이별을 여행하는 이는 한 번의 여행에서 다 겪게 된다. 생이란 결국 만남과 이별, 한 번의 여행은 한 번의 삶이 된다.

긴 여행길에서 돌아온 여행자의 가슴에는 진한 나이테가 하나 둘러지고 얼굴에는 삶의 비밀을 알아낸 현자의 기운이 서리며 눈은 보석처럼 반짝인다.

#돌아오다
돌아온 여행자들은 잠 못 이룬다.

여행길에서 만난 수많은 인연과 추억들, 눈물 날 만큼 진한 감동을 가슴에 담고 있는 이들이라면 밤마다 그 추억을 곱씹으며 눈시울을 적시리라.

그런데 홍역처럼 다가오는 그 열병을 이겨내야만 한다. 그것을 이긴 자만이 겸손한 여행자가 된다. 떠나는 것 못지않게 일상의 소중함을 인정하는 순간, 따스한 햇살만 쬐어도 감사하고 볼을 스치는 바람 속에서 자유를 느낀다. 소박함 속에서 미래의 여행을 꿈꾸는 일, 그것은 떠나는 것만큼 행복한 순간이다. 일상에서 흘리는 작은 땀방울이 굵을수록 삶은 야무지고 여행의 꿈은 더욱 빛난다.

#다시 떠나다
오늘도 어디선가 배낭을 싸는 이들이 있을 것이다.

일상을 땀 흘려 가꾼 이들은 다시 보람찬 한생을 정리하고 미련 없이 세상을 가른다. 일상에 최선을 다한 자만이 새로운 삶을 다시 시작하는 기쁨을 알리라. 이렇게 떠나고 돌아오는 환생을 되풀이하다가 언젠가 우리는 지구를 떠난다. 육신을 벗어나 저 캄캄한 밤하늘, 혹은 다른 차원의 세계로 우리는 돌아가겠지. 한세상 여행하다 가는 것, 그게 바로 삶이고 그 삶의 연습이 여행이다.

오늘도 어디선가 배낭을 싸는 이들이 있을 것이다.

세상에 널린 반짝반짝 빛나는 수많은 작은 보석들을 배낭에 담으러 가는 것, 세상에 이보다 더 행복한 것이 많을까?

Between Travel
and Reality.

01

여행과 현실 사이

떠나겠다는 마음이 앞서는 사람들은 눈앞의 생을
사랑하는 사람들일까.
생을 넘어서고 싶은 사람들일까?

갈매기의 꿈

고등학교 시절, 『갈매기의 꿈』을 끼고 산 적이 있다.

수학 시간에도 영어 시간에도 몰래 보고 또 보며 나는 다른 세상을 꿈꾸었다.

'높이 날아야 멀리 본다'며 무리들과 떨어져 홀로 비행 연습을 하던 갈매기 조너선 리빙스턴 시걸. 세상을 넘어서고 싶던 그 갈매기. 나는 그 시절에 조너선 리빙스턴 시걸이 되고 싶었다.

무리를 떠나 홀로, 높이, 멀리 날아가고 싶었다.

그렇게 꿈만 간직하고 살아가다 10여 년이 지난 어느 가을날, 드디어 나는 비행기를 타고 하늘로 날아올랐다.

그때부터 시작된 나의 비행. 많이 많이 날았고 멀리멀리 날았다.

가슴이 터질 것 같았다. 하늘은 푸르렀고 세계는 끝이 없었다.

아, 그 무한의 세계를 비행하는 자유.

그렇게 비행하다 그 자유와 희열 속에서 차라리 사라져버렸으면 좋겠다는 생각도 했다.

이제 나는 다시 꿈을 꾼다.

나만 날아가는 것이 아니라 우리 모두 날아가는 꿈을.

몸이 아니라 '마음'이 날아가는 꿈을.

어느 날
잠수하고 싶을 때

가끔 잠수하고 싶을 때가 있다. 다른 사람들은 안 그런가? 잘 살아가다가도 문득 아무도 모르는 낯선 공간에 폭 파묻혀 숨고 싶은 생각이 든다.

나는 지금까지 주로 오지를 다녔고 장기 여행도 많이 했으며, 여행자로서 주목을 받았고 비슷한 여행자끼리 늘 어울렸다. 그것도 좋은 경험이었고 즐거운 추억이었다. 그런데 언제부턴가 그런 것도 피하고 싶어졌다. 내가 여행자인지 현지인인지, 어디서 왔는지, 어느 나라 사람인지 알려고 하지도 않고 알릴 필요도 없는 그런 곳에 가고 싶었다. 그곳에서 완전한 익명으로 누구의 시선도 받지 않고 싶었다. 그런 조건을 만족시키는 곳은 바로 나와 비슷한 사람들이 사는 대도시였다.

요즘 들어 도시를 몇 군데 여행했다. 우선 타이베이. 나는 심해를 잠수하는 기분으로 타이베이로 숨어들었다. 이런 여행에서는 친구도 만들지 않았고 여행자도 찾지 않았으며 한국 사람도 찾지 않았다. 잠수함 창문을 통해 물고기와 산호초를 구경하는 기분으로 사람들과 풍경을 물끄러미 바라볼 뿐이었다.

단절을 의미하는 것은 아니었다. 나는 노트북을 가져갔고 호텔에서 인터넷에 접속했다. 편한 세상이었다. 모니터 속에는 집에서 늘 보던 화면이 떴고 내 블로그도 불러낼 수 있었다. 나는 해저에서 잠망경을 빙빙 돌리듯이 인터넷을 검색하다가 내 블로그에 인사말을 남겼다.

"매일 저녁 타이베이 여행을 사진과 글로 실황 중계할 생각입니다. 좋은 음악 CD를 사면 그것도 올릴게요. 사실 저는 배낭여행을 하면서 주로 오지를 좋아했고 방랑을 좋아했습니다. 여행할 때는 문명의 이기에서 가급적이면 멀리 떨어지려고 했는데 이번에는 도시 속으로 파고들 생각이에요. 문명의 이기를 이용해 색다른 여행을 해보려구요. 남들에게는 익숙할지 모르는 이런 인터넷 세계가 저에게는 흥미진진합니다."

그리고 메일을 체크했다. 몇 개의 메일에 이런 답장을 보냈다.

"저는 현재 타이베이에 있습니다. 며칠간은 휴대폰도 되지 않고 만날 수도 없습니다. 바다 건너에 있거든요.^^ 급한 일이 아니라면 나중에 연락하세요."

그런 답장을 보내며 묘한 쾌감에 젖어들었다. 세상과의 관계는 끊지 않았지만 실제로는 그 관계를 벗어난 상태. 와, 해방이다!
나는 냉장고에서 타이완 맥주를 꺼내 쭉 들이켠 후 배낭 속에 있는 물건들을 모두 끄집어내 어질러 놓았다. 이건 버릇이기도 하지만 꽉 짜인 생활을 하다가 밖에 나오면 마냥 풀어지고 싶은 충동이 일기 때문이다. 그렇게 타이베이에서 1주일 동안 숨어 지냈다.

어느 날 장승처럼 서 있던 빨갛게 익은 태양빛 노을이 그리운 추억 거리

아니, 숨은 것도 아니었지. 매일 지하철을 타고 돌아다녔고 근교까지 나가 여행을 즐겼다. 아침이면 카페에 들러 빵과 커피를 마셨고 느긋하게 앉아서 중국어 신문을 읽기도 했다. 그런데 왠지 숨은 듯한 기분이 들었다.

현지인의 행색을 한 이방인은 빈둥거리며 도시 곳곳을 구경하다가 밤이 되면 스파이처럼 인터넷에 접속해 디카로 찍은 사진들을 올리며 여행지를 실황 중계했다. 그러면 부러움의 댓글들이 달렸다.

"빈둥빈둥 모드 정말 좋아하는데. 많이 보고 느끼고 오시길……."
"하하하 어질러 놓은 사진 좋아요! 여행 중 한순간이 고스란히 느껴지네요. 타이베이 중계 기대합니다! 실시간 포스팅이네요.(지금쯤 야시장 돌고 계시려나)"

나는 그들과의 대화를 잠시 즐기다가 다시 현실로 돌아왔다. 인터넷을 끄는 순간 다시 깊은 바다 속이었다. 그때 밀려드는 것은 고독함이 아닌 평화로움. 몸은 떨어져 있으나 정신은 접속하니 외롭지 않았고 정신은 이어지나 몸은 떨어져 있으니 자유로웠다.

그런 재미에 중국과 일본의 대도시를 짧게 여행하다가 올여름에는 오사카와 교토도 다녀왔다. 노트북을 가져가지 않았고 인터넷도 하지 않았지만 외롭지 않았다.

이곳에는 한 가지 마음에 드는 게 있었다. 틀기만 하면 언제나 재즈가 나오는 라디오였다. 그걸 들으니 내가 이국 땅에 왔다는 것이 더 실감 났다. 오사카에선 어딜 가나 재즈가 흘러나왔다. 지하철역 구내를 비롯해 맥도날드 매장과 레스토랑 등 아침부터 밤까지 재즈가 흘러나왔다. 그 재즈를 들으며 나는 바삐 사는 그들의 삶을 물끄러미 구경했다. 그들에게는 일상이고 우리와 비슷한 풍경이었지만 여행자인 나에겐 재미있는 구경거리였다. 사람들은 하루 종일 분주하게 오갔다.

'내가 이들에 섞여 바쁘게 일하러 가는 처지였다면 그렇지 않았겠지. 나는 게으른 여행자. 아, 달콤하다. 시간이 달콤해!'

재즈를 들으며 노트에 이런저런 생각을 담는 동안 시간이 천천히 흘러갔다.

살다가 아무도 모르게 잠수하고 싶을 때, 완전한 익명성을 즐기고 싶을 때는 도시로 짧은 여행을 떠나보는 것도 좋겠다. 낯선 나라, 낯선 도시로 깊이깊이 잠수해 익명의 여행자가 되어 게으르게 빈둥거리는 것이다. 무거운 짐을 내려놓고 세상을 무책임하게 구경하는 것이다. 그렇게 모든 것에서 잠시 벗어나 숨구멍을 좀 트면 바쁘게 살아오느라 잃어버렸던 모든 것이 되살아나 우리를 부드럽게 어루만지기 시작한다.

길에서 만난
여행자들 이야기

길을 걷다가 허름한 옷차림에 큼직한 배낭을 멘 외국인 여행자를 보면 내가 만났던 여행자들이 그리워진다. 우연히 만나 지금까지 알고 지내는 사람들도 있지만 대부분은 길에서 만났다가 길에서 헤어졌다.

파노라마처럼 여러 얼굴이 스쳐가지만 그중 1990년대 초반 방콕에서 만난 한국 여행자들이 가장 먼저 떠오른다. 대부분 방학을 이용해 세상 구경을 나온 학생들이었다. 늘 혼자 쓸쓸하게 다니다가 한국 학생들을 만나니 얼마나 반갑던지…….

그들은 여행을 정말 신나게 즐기고 있었다. 어린 나이에 낯선 땅에 와 숨을 쉰다는 사실이 너무도 행복하다는 듯 언제나 하하 호호 웃으며 다녔다. 덕분에 나 역시 그들의 즐거움에 전염되어 들뜨기 시작했다. 한번은 한국과 태국의 축구팀이 경기를 하는데 그곳에 응원을 간다고 전날부터 응원 카드를 만들고 난리도 아니었다. 또 경기장에 가서는 그 당시 유행했던 가수 이상은의 '담다디'를 부르며 응원하다가 광분한 태국 관중에게 맞을까봐 줄행랑을 치기도 했고, 밤에는 그 당시 방콕에서 매우 컸던 나사(Nasa)라는 디스코테크에 가서 새벽까지 춤도 추었다. 그 무렵 인도에서 막 돌아온 나는 헐렁이 바지 차림에 맨발로 그들과 춤을 추었고 학생들은 무대 위도 모자라 나중에는 스피커 위에까지 올라가는 등 난리 법석이었다. 우리의 일탈을 막을 것은 아무것도 없었다.

그야말로 뜨겁고 유쾌한 나날이 계속되었다. 그런데 시간이 지나자 뭔지 모를 갈등의 기운이 느껴졌다. 하루는 내가 묵던 게스트하우스로 한국 학생 네 명이 우르르 몰려왔다.

"아니, 왜 다 이리로 왔어?"

"아유, 옆에 있던 애들이 자꾸 고참 행세하잖아요."

"고참 행세?"

"자기들이 2주 차라면서 자꾸 저희를 무시하는 거예요. 여기가 뭐 군대도 아닌데."

"하하하!"

듣고 보니 그들은 방콕에 온 지 1주일째인데, 2주일째 되는 친구들이 자꾸 신참내기 대접을 한다는 것이었다. 도대체 무얼 갖고 그러냐고 물으니 주로 물건 비싸게 샀다고 구박한다는 것이었다. 그래서 하루는 그들에게 구박한다는 2주 차 학생을 만나서 물었다.

"왜 그 친구들하고 사이가 안 좋아?"

"걔네들이 건방지게 굴잖아요. 자꾸 실수해서 뭘 좀 가르쳐주면 시큰둥하고, 고마워하기는커녕 들은 체도 안 하고."

대강의 상황이 그려졌다. 그때는 한국에 변변한 가이드북도 없고 인터넷도 없던 시절이었다. 그래서 어느 게스트 하우스가 싸고 어떻게 하면 싸게 먹고 다닐 수 있는지 등 현지에서 귀동냥으로 얻는 여행 정보가 대단한 것이었다. 당시의 여행은 느긋하게 즐기는 것이 아닌, 일종의 서바이벌 게임 같은 양상을 띠고 있었다. 여행 잘하는 척도가 돈 얼마나 안 쓰고 여행하느냐일 정도였으니 말이다. 상황이 그렇다 보니 1주일이라도 먼저 온 여행 선배들은 얼마나 아는 게 많을 것인가. 그런데 선배 대접을 안 해주니 골이 났던 것이다.

이런 짠돌이, 짠순이 여행 스타일은 물가 비싼 유럽에서 더했다. 2주일째 유스호스텔도 아닌 기차 안에서 자며 숙박비를 아끼는 여학생들이 있는가 하면, 제대로 된 음식을 못 먹어 변비 때문에 고생하던 남학생도 있었다. 헝가리의 민박집에서 만난 한국 남학생은 항상 얼굴을 찌푸렸는데 알고 보니 4일째 변을 못 봤다고 했다. 여행 초기에 긴장을 한 데다가 매일 바게트 빵에 소시지만 먹다 보니 그랬던 것이다.

"어유, 죽겠어요. 아무리 힘을 써도 안 나와요, 안 나와."

"방법이 있어. 시장이나 편의점에서 토마토 같은 것을 많이 사 먹어. 마늘 같은 것도 먹고."

하이델베르크 유스호스텔에 머물던 한 남학생은 한국 여행자들에게 티켓 없이 개구멍으로 성에 들어가는 방법을 알려주기도 했고, 또 독일이나 헝가리에서 돈 안 내고 지하철 타는 것을 당당하게 자랑하던 학생들도 보았다. 그러다가 왕창 무임승차로 걸렸다는 신문기사도 본 적이 있다.

현지인들에게 비난받을 일들도 몇몇 있었지만, 대부분의 여행자들은 한 푼의 외화라도 낭비하면 안 된다는 특유의 애국심(?)으로 정말 아껴가며 여행했다. 그런 고생을 하는 해외 배낭여행은 하나의 통과의례이기도 했다.

고생을 하는 가운데에는 여행의 낭만도 있었다. 동유럽 민박이나 서유럽의 유스호스텔에 가보니 밤마다 파티가 열렸다. 한번은 유럽 여행 중 파리 근교의 유스호스텔에 머문 적이 있는데, 이곳을 관리하는 마음씨 좋은 여자 매니저는 한국 학생들과 매일 탁구를 치며 놀았고 저녁이 되면 슬그머니 자기 방으로 들어가 잠을 잤다. "저 아가씨 말이지요, 참 엉뚱해요. 손님이 오든 말든 신경도 안 쓰고, 저렇게 자기 방으로 들어가면 우리가 무슨 짓을 해도 나오지 않아요. 하하하. 유럽에서 이런 유스호스텔이 어디 있어요. 여긴 모든 게 자유입니다!"

그곳에서는 밤마다 노래자랑이 벌어졌다. 중남미에서 온 친구들은 기타를 치며 노래를 불렀고 한국 학생들도 이에 질세라 트로트를 불러가며 기세를 올렸다. 그러다 스위스 여자 여행자의 바이올린 연주를 들으며 감동에 젖기도 했다. 그곳에서 세계의 젊은이들은 스스럼없이 친구가 되었고 서로 자신들의 여행 얘기를 하느라 밤을 지새웠다.

이런 시절이 지나가고 여행 경험이 조금씩 쌓이다 보니 쉬면서 천

천히 여행하는 사람들이 생겼다.

"뭘 그리 바쁘게 돌아다녀요. 여행은 역시 느긋해야 맛이죠."

동남아 해변, 네팔의 히말라야 산맥, 파키스탄의 장수 마을 훈자 등에서 술을 마시고 사람들을 사귀며 즐거운 시간을 보내는 이들도 있었고, 한 도시에 오래 살면서 '머무는 여행'을 즐기는 이들도 볼 수 있었다.

그런가 하면 뭔가를 배우는 사람들도 많아졌다. 인도의 어느 인터넷 카페에서 주인에게 돈을 깎아달라고 흥정을 하는 한국 여학생을 보았는데 힌디어를 제법 했다. 주인은 힌디어를 하는 여학생이 신기했는지 실실 웃어가며 깎아달라는 대로 다 깎아주었다.

"힌디어 전공이에요? 어떻게 그렇게 힌디어를 잘해요?"

"아뇨, 여기 와서 배웠어요."

"얼마 동안이요?"

"한 달간이요."

그 말을 듣는 순간 놀랍고도 부러웠다. 전공자도 아닌데 여행하다가 재미로 배운다는 것이었다.

여행자들의 문화 체험은 이뿐만이 아니다. 인도에서 힌디어나 요가, 악기, 춤을 배우는가 하면 태국에서 타이 마사지와 무에타이를 배우기도 한다. 이집트 어딘가에서 상형문자를 배우는 이들도 있을 것이고, 인도네시아에서 바틱을 배우는 사람들도 있을 것이다. 중국 서역의 어느 도시에서 위구르족 언어를 배우는 사람, 아프리카에서 음악과 미술을 배우는 사람, 영국에서 커피 뽑는 것을 배우는 사람, 중남미에서 스페인어나 살사 혹은 탱고춤을 배우는 사람들도 있을 것이다.

해외여행이 보편화된 요즘은 나를 찾아서, 자유를 찾아서 떠나는 장기여행도 늘고 있다. 길에서 만난 젊은 여행자들은 이런 얘기를 하고 있었다.

"취업 준비 때문에 제대로 놀지 못하고 도서관에 처박혀 살았어요. 그런데 하루는 이런 생각이 들더라고요. 대학 졸업하고 어렵게 직장 들어가면 매일 일에 쫓겨 살 텐데 정말 이대로 학창 생활을 끝내야 하나. 내 인생의 황금기는 지금이 아닐까……. 그래서 지금 이렇게 동남아를 여행하는 중이에요. 그런데 외국 친구들 사귀고 얘기하니까 앉아서 공부할 때보다 영어 실력이 좋아진 것 같아요."

"직장을 옮기기 전 세 달간 공백이 생겨 여행하고 있어요. 맛있는 거 먹고 잠도 실컷 자고, 무엇이든 내 마음대로 할 수 있어 좋아요. 또 내가 살던 곳을 떠나보니 있는 그대로의 내가 보여요. 뭐랄까, 나는 한 가지 일만 할 수 있는 사람이 아니라 그 어떤 역할도 해낼 수 있는 사람이란 자신감이 막 생겨요."

한편 자신의 길을 외롭게 가던 여행자들도 있었다. 자기 몸보다 더 큰 배낭을 메고 어딘가 쓸쓸하게 그리스와 터키를 떠돌던 여학생, 스님은 아니지만 머리를 빡빡 민 채 인도를 여행하던 맑은 눈빛의 여인, 일본과 유럽을 떠돌며 온갖 삶을 경험한 후 프랑스 외인부대에 입대하러 가는 중이었던 아테네에서 만난 한 청년은 지금 잘 살고 있겠지?

길에서 만난 사람들을 떠올릴 때마다 생각나는, 꼭 한번 만나고 싶은 이는 '하다마' 씨다. 방콕의 어느 카페에서 우연히 만난 그는 방금 인도 여행을 마치고 왔는데, 내가 인도를 여행한 것을 알자 매우 반가워했다.

"인도 여행한 사람들은 다 친구예요. 그러니까…… 응응, 전 동대문 시장에서 옷 장사를 하는데 어느 날…… 그러니까…… 응응……."

그는 희한하게도 말을 끝내지 않고 늘 '응응' 하면서 얼버무리는 버릇이 있었다. 인도에서 그와 함께 다녔던 일행들에 의하면 그의 별명은 '하다마' 라고 했다. 말도 '하다마', 음식도 '먹다마', 소변도 '보다마' ……. 자세히 보니 그는 양복바지에 구두를 신고 있었다. 세상에! 인도 배낭여행을 하면서 저런 차림으로? 푸하하~.

사람들은 그를 보고 배꼽 잡으며 한참을 웃어댔다.

"전 열심히 돈 벌면서 살았어요. 동대문 시장에서 옷 장사를 했지요. 그런데 어느 날 회의가 들었어요. 그래서 여행을 떠났어요. 내가 배낭여행이 뭔지 알았나요? 그냥 양복바지에 구두 신고 떠났는데, 젠장! 이렇게 입은 사람은 나밖에 없더라구요. 뭐 어때요. 내 멋이지요. 아, 여행이 너무 좋아졌어요. 내 인생이 다시 보이더라니까요."

그는 말을 하면서 마무리를 짓지 못하고 중간 중간 얼버무렸지만, 다 듣고 종합해보면 그런 뜻의 말을 했다. 말을 떠나 들뜨고 결연한 표정을 통해 그의 뜻이 이내 전달되었다.

하다마 씨는 지금 잘 살고 있으려나. 주소도 모른 채 헤어졌으니 알 길이 없다.

하다마 씨! 혹시 이 책 보면 연락해요. 술 한잔 살게요!

매트릭스 같은 세상

여행은 언제나 즐겁다. 그러나 들뜬 여행을 끝내고 내 자리로 돌아올 때 편안함 한구석에는 다시 현실 속으로 들어가는 그늘이 자리 잡는다. 또다시 밥벌이를 해야 하고, 수많은 관계와 의무 속에서 우리는 살아가야 한다.

현실…… 과연 현실은 무엇일까?

비행기를 타고 컴컴한 하늘에서 땅 위의 빛을 바라보면 종종 묘한 생각이 든다.

'저 불빛, 땅 위에 형성된 신호, 관계, 수많은 상징과 의미 체계들…… 저건 매트릭스야.'

비행기가 두드드드 진동을 일으키며 하강하는 순간, 나는 영화 〈매트릭스〉에서 머리 뒤에 기계를 꽂고 컴퓨터 모니터 속의 시스템으로 들어가는 주인공 네오가 된다. 이제 자유로운 영혼은 매트릭스 안에서 상징과 신호로 존재하고 이민국을 통과하며 여권을 통해 상징을 확인받고 그 한계 속으로 진입한다.

한때 〈매트릭스〉에 심취한 적이 있었다. 1편이 가장 좋았고 2편, 3편도 나름대로 재미있게 보았다. 〈13층〉이라는 영화도 좋아했다. 두 영화 모두 우리가 살고 있는 세상은 컴퓨터로 연결된 의식이 투영된 모니터 속의 세상, 즉 매트릭스라는 얘기를 깔고 있다. 하지만 그 컴퓨터 속의 매트릭스에서 깨어난 현실도 나중에 알고 보니 또 다른 매트릭스였고, 결국 모든 게 환영이었다.

이런 얘기가 처음은 아니었다. 플라톤의 말을 빌리자면 세상은 동굴 속에 비친 그림자가 아니었던가. 그렇다. 시간 따라 모든 것은 변해가고 우리는 사라진다. 과연 우리의 존재는 무엇인가?

환영 같은 세상 속에서 나는 또 컴퓨터 안에 내 세상을 만들어간다. 키보드를 치면 모니터 속에서 탁탁 살아나는 활자들, 사진을 스캔해 넣으면 모니터 속에서 살아나는 이미지들, 음악을 리핑해 올리면 다시 모니터 속에서 살아나는 소리들. 그렇게 블로그 속의 내 세상은 창조된다. 환영 속의 세상에서 환영 같은 나는, 다른 환영들과 신호로 관계를 이어간다. 컴퓨터 속은 또 다른 세상이요 우주다.

우리의 현실도 다를 바 없다. 언젠가 TV에서 책에 대한 얘기를 했는데 어느 노학자가 아직도 하루에 세 권의 책을 읽는다는 것이었다.

"책을 읽으면 어떤 걸 얻습니까?"

진행자가 묻자 노학자는 이렇게 대답했다.

"현실을 잘 알게 되지요."

"……?"

처음 그 말을 들었을 때는 좀 멍했다. 그러나 뒤에 이어지는 말을 들으며 '역시!' 하는 생각이 들었다.

"사람들은 아파트 평당 가격이 '얼마' 하는 것을 현실이라고 생각하지만 그건 관념이지 현실이 아니지요."

그분은 긴말을 구구절절하지 않았지만 나는 무릎을 쳤다.

내가 여행을 하며 늘 하던 생각이었다. 우리는 이 환영 같은 세상 속에서 몸을 유지하기 위해 필요한 관계와 법칙들을 현실이라고 생각하며 살고 있지만, 죽음을 앞두고 있을 때 현실이라고 생각한 것이야말로 덧없는 환상이며, 현실이 아닌 관념이라고 생각한 것들, 이를 테면 신, 존재, 절대자 등이야말로 '지독한 현실'이란 것을 알게 될지도 모르지 않는가.

수많은 나라의 경계를 넘나들며 나는 많은 세상을 보았다. 나에게는 그 세상들이 현실이 아니라 그것을 응시하는 나의 시선이 현실이었고, 사색하면서 그 경계를 넘나들던 순간들이 여행이었다.

나는 오래전부터 한 번의 여행은 한 번의 삶이란 얘기를 해왔다. 자신이 속해 있는 곳을 떠날 때 죽음 한 번, 다시 그 안으로 돌아왔을 때 탄생 한 번이었다.

그래서 여행은 즐거우면서도 고통스러웠다. 영화 〈매트릭스〉 속에서처럼 가상현실로 돌아갈 때 고통스러워하듯이, 윤회의 굴레에서 빠져나온 영혼이 다시 굴레 속으로 들어가 '응애' 하면서 고통스럽게 태어나듯이.

과연 이 삶이 끝나면 우리는 어디로 갈까. 이 세상에 살면서 저 너머의 세상을 엿볼 수 없는 것일까?

여행할 때마다 매트릭스를 넘나들며 나는 끊임없이 질문한다. 그 끊임없는 사색의 순간들이 여행을 싱싱하게 했다. 사색은 삶과 여행의 소금 같았다.

수많은 나라의 경계를 넘나들며 나는 많은 세상을 보았다.
나에게는 그 세상들이 현실이 아니라 그것을 응시하는
나의 시선이 현실이었고, 사색하면서 그 경계를
넘나들던 순간들이 여행이었다.

잃어버린
시간을 찾아서

우리는 하루하루 시간에 쫓기며 산다. 학생이든 직장인이든 가정주부든 정해진 시간에 우리를 맞춰 살아가야 한다. 숨 가쁜 일상에서 대나무 마디처럼 뚝뚝 꺾이는 그 순간들은 마치 내 관절이 꺾이는 것처럼 아프다. 열심히 일하는 게 힘든 게 아니라 관리되고 계획되는 듯한, 시간에 옥죄이는 느낌 때문에 삶이 힘들다.

사실 열심히 일한다는 것은 얼마나 좋은가? 일에 몰두하는 순간 우리는 시간을 잊는다. 그런데 우리 사회는 일에만 몰입해 살도록 내버려두지 않는다. 삶을 유지하기 위해 해야 할 것들이 너무 많다. 먹고살기 위한 일부터 돌봐야 할 여러 가지 주변 상황, 가족 등 사람마다 다르겠지만 단순하진 않다.

파도처럼 밀려오는 수많은 일들을 넘기 위해 우리는 시간을 쪼개고 분배하고 계획한다. 그 과정에서 시곗바늘에 따라 삶은 잘게 잘라지고 우리의 의식 또한 조각난다. 하루가 정말이지 눈코 뜰 새 없이 흘러간다. 그렇게 정신없이 살아가다 어느 날 문득 병을 앓는 지인들의 소식을 듣는 순간, 그제야 고개를 들어 미래를 본다. 그때 보이는 것은 공장의 컨베이어 벨트처럼 어제도 같고, 오늘도 같으며, 내일도 같을 길게 뻗은 시간들……. 그때 잠시 허망함에 젖는다.

'후유, 언제까지 이렇게 살아야 하지?'

그때 사람들은 여행을 생각하지 않을까. 무얼 보고 먹는 것도 좋지만, 반복되는 일상과 잘게 조각나는 자신에게서 벗어나고 싶은 것이다.

여행을 떠나면 모든 게 복원된다. 시간은 강물처럼 유유히 흐르고 계획을 세우든 계획 없이 빈둥거리든 우리는 시간의 주인이 된다. 그 빈둥거리는 시간들 속에서 우리는 완전한 평화를 누린다. 여행 중 가장 그리운 순간은 그런 평화로운 시간을 타고 어디론가 가거나 어딘가를 맴돌고 있을 때이다.

시간이 돈이고, 최고의 가치는 생산성과 효율성이 된 이 세상을 살아가며 나는 가끔 전 세계에 마술을 걸어 세상의 시스템과 시간관을 한 번에 싹 바꾸는 광경을 상상한다. 그 상상 속에서 아메리카 인디언 호피족을 떠올린다.

호피족에게는 과거, 현재, 미래라는 개념이 없다고 한다. 그들이 생각하는 세상은 두 가지. 하나는 이미 드러난 세상으로 현재 눈앞에 펼쳐진 것이다. 우리의 시각으로 말하자면 과거 쪽에 해당한다. 또 하나는 이제 막 드러나려고 하는 것으로, 내면에서 전개되는 상상, 소망, 감정, 꿈 등이다. 이것은 우리의 시각으로 보면 미래 쪽에 가깝다. 그렇다면 현재는 이 두 가지 상태 사이의 접점인데, 이들에게는 또렷이 구분되지 않는 그 무엇이다.

즉 호피족에게 시간은 흐르는 것이 아니라 자신들의 의지와 상관없는 사건들의 전개였다. 이 사건들을 창조하는 신을 아네 히무라 불렀는데 이것은 '우주의 숨결'을 의미한다. 호피족에게 세상은 우주의 숨결 아래서 이미 드러난 세계와 앞으로 드러날 세계가 쿵쾅거리며 심장 박동처럼 숨바꼭질하던 것이었으리라.

나는 그런 호피족이 부럽다. 그들에게는 과거, 현재, 미래 그리고 필연적인 죽음이 직선을 따라 순서대로 정렬된 것이 아니라 신의 숨결 아래서 자유롭게 넘나드는 것이며, 인간은 그 안에서 신성한 호기심을 갖고 하루하루를 맞이했을 것이다. 그러나 우리는 어떤가. 너무도 빤히 보이는 일상과 미래를 숨 막히게 바라보며 살고 있다. 이놈의 시간. 직선으로 뻗은 이놈을 확 꺾어서 둥글게 만들고 싶은데 이게 힘들다. 요술을 부릴 수도 없고.

아, 나도 호피족을 흉내 내고 싶지만 세상은 너무도 견고하다. 우리 사회에 견고하게 자리 잡은 이 직선적인 시간관과 빈틈없는 사회 구조, 그 답답한 현실 속에서 우리에게 힘을 주는 것은 '미래'라는 존재다.

대학만 들어가면, 취업만 하면, 이번 일만 잘되면, 아이들 다 키워 놓으면, 은퇴하면…….

우리는 이렇게 미래를 바라보며 현재의 힘든 삶을 이겨나간다. 실제로 그렇게 참고 열심히 살면서 행복한 결실을 얻고 보람을 느끼던 시절이 있었다. 그런데 사회가 발전할수록, 그리고 그 미래가 현실이 되었을 때도 우리는 '산 넘어 산'이 나타나는 세상에서 살

더 늦기 전에,
자기 인생에 후회하지 않으려
사람들은 떠난다.
불확실한 미래보다
현재의 시간을 즐기고 싶은 것이다.

고 있다.

더 늦기 전에, 자기 인생에 후회하지 않으려 사람들은 떠난다. 불확실한 미래보다 현재의 시간을 즐기고 싶은 것이다.

나 역시 그렇다. 여유가 있어서 여행을 떠나는 게 아니라 호피족의 세계관을 지금 현실에서 흉내 낼 수 없기에 여행길에서 잃어버린 시간들을 찾는다.

하지만 여행이 어디 마음만 갖고 되던가. 당연히 돈이 든다. 그러므로 돈을 벌기 위해서는 현실 속으로 들어올 수밖에 없다. 그리고 언제 갑자기 '툭 끊어질지도 모르는' 미래를 바라보며 살아간다. 결국 미래는 현실을 지배하는 강력한 힘이 되고 그 힘은 자본주의 사회에서 돈이므로 누구나 돈을 벌기 위해 애쓴다. 몸뿐만 아니라 마음도 헉헉거리며 뛰기 시작하니 악순환이다.

한편에서는 그러니까 '욕심을 줄여라' 하고 말한다. 맞는 말이다. 욕심을 줄이면 소비를 덜할 테니 생산을 덜해도 되며, 일을 덜하면 시간의 여유가 생긴다. 하지만 그것은 정도 문제 아닐까? 사실 우리 사회에는 욕심을 줄일 여유조차 없는 사람들이 많다. 그래서 '욕심을 줄여야 해' 하면서도 미래를 걱정하며 욕심을 저장한다.

그래, 그런 것 같다. 삶을 초월한 듯한, 세상을 다 놓아버린 듯한, 욕심을 버린 듯한 태도도 다 힘이 뻗칠 때에 나온다. 또는 한 시절 땀 흘려 벌어놓은 것이 좀 있는 여유 속에서 나오는 경우가 많다.

이제 삶에 대한 상실감은 개인적인 문제를 넘어 사회 문제가 되었다. 우리는 물질적으로 분명히 풍요로워졌지만 소설 『모모』에서 비유한 대로 시간을 어딘가에 저장하고 있다. 정말로 우리가 정신 없이 일하느라 잃어버리는 '오염되지 않은 시간' 들을 회색 인간들이 어딘가에 저장하고 있는 것은 아닐까?

그런데 이런 세상을 우리가 바꿀 수 있는가. 글이나 말로 희망을 얘기하기는 쉽지만 현실은 만만치 않다. 아무리 정색을 하고 대들어도 세상은 꿈쩍하지 않는다. 또한 마법사처럼 겉모습만 바꾸지 본질은 변하지 않는다.

사람들의 세상과, 삶을 대하는 방식이 변해가는 것도 그런 이유에서다. 사회가 원하는 대로 '네, 네' 하며 열심히 일하지만 마음은 한눈을 판다. 핑핑 돌아가는 세상과는 상관없이 지극히 개인적이고 사소한 즐거움에 정신을 쏟는다. 맛있는 음식을 찾아다니고, 친구들을 만나 수다를 떨고, 술을 마시며 비몽사몽하다가, 어느 날 문득 여행을 떠나기도 한다.

이렇게 살아가는 사람들을 소시민적이라고 한심해하는 사람도 있겠지만, 나는 이들에게 깊은 애정을 느낀다. 지쳐서 그런 거다. 사실 우리가 얼마나 열심히 살고 있는가? 사람들의 가슴에는 살면서 힘들었던 고통과 사연들이 가득 담겨 있을 것이다.

폭풍우가 휘몰아치면 먼저 눕는 풀들처럼, 사람들은 몸을 낮추고 자기들끼리 속삭이며 꿈을 꾼다. 언젠가 세상이 변하면 힘차게 일어나겠지. 그때까지 조금만 더 땀 흘리며 살아가자. 벌러덩 미끄러지고 허둥거리는 몸짓을 하다가도 힘들면 훌쩍 여행을 떠나면서…….

여행 후유증

여행을 갔다 오면 늘 후유증이 있다. 긴 여행이든 짧은 여행이든, 소속이 있든 없든.

난생처음 휴가를 이용해 8박 9일의 해외여행을 마치고 돌아왔을 때, 나는 더 이상 직장을 다닐 수가 없었다. 그 뻥 뚫린 가슴을 메울 길이 없었다.

'저 끝없이 펼쳐진 길이 너를 부르는데, 지금 여기서 뭐 하고 있는 거니?'

그래서 길을 떠났다. 여행이 직업이 된 이후에도 여행 후유증은 늘 있었다.

여행은 마약 같다. 한번 맛을 보면 헤어나기가 힘들다. 손에 책을 들고 있어도 글자가 눈에 들어오지 않고, 일을 해도 일이 손에 잡히지 않는다. '이게 나의 삶일까?' 회의가 들기도 하고 한동안 여행하던 때의 추억 속에 파묻혀 마음고생을 한다.

TV에서 직접 가본 유럽의 도시와 풍경을 보기만 해도 가슴 설레며 잠 못 이루고, 더운 여름 거리를 걷다가 매연 섞인 공기를 맡으면 방콕에서 활보하던 추억이 생각나 가슴이 저려온다. 인도 음식점에서 카레 냄새만 맡아도 가슴이 울컥하고, 지하철 안에서 길을 묻는 외국인만 봐도 지난 여행이 떠올라 괜히 우울해진다. 몸은 돌아왔으나 마음은 아직 그곳에 있는 상태. 아직도 꿈속을 헤매는 듯 그곳이 계속 생각난다. 아무것도 하기 싫고 자꾸 어디론가 떠나고 싶어진다. 시간은 더디게 흘러가고 일상은 지루하기 짝이 없다.

젊은이들만 그런 게 아니다. 내 동생은 일찍 결혼해 아이를 낳고 성실하게 사회생활을 했다. 그러다 결혼 15년 만에 큰마음 먹고 유럽으로 가족 여행을 떠났는데, 돌아와 한동안은 밤마다 앨범 정리하며 허전한 마음을 달랬다고 한다.

여행은 중독성이 강하다. 하물며 학생이나 직장을 다니는 싱글들은 오죽할까? 빡빡한 입시제도에 시달리는 고등학생, 온갖 인간관계와 일로 스트레스에 시달리며 살아가는 직장인은 정말 모든 걸 떨쳐버리고 떠나고 싶을 것이다. 새처럼 자유롭게 훨훨 날아다니고 싶을 것이다. 내가 그랬기에 나는 그들의 심정을 잘 안다. 그러나 그렇게만 살아갈 수 없기에 고민하는 것 아닌가.

그런가 하면, 요즘 들어 부쩍 나처럼 용감하게 직장을 그만두고 긴 여행을 떠나고 싶다는 사람들을 만난다. 학생이라면 두말할 것도 없이 가라고 하지만 직장을 다니는 사람에게 나는 쉽게 '떠나라'고 얘기하지 못한다.

글쎄, 이렇게 말하면 '아, 저 사람이 과거에 대해 후회하는구나'라고 생각하는 사람이 있을지 모르겠다. 그러나 그런 건 전혀 아니다. 나는 내 인생에서 가장 잘한 일이 30대 초반에 그 일을 저지른 것이고, 죽을 때 눈 감고 그 장면을 생각하면 회심의 미소를 지을 것이라고 상상할 정도로 아주 잘했다고 생각한다. 그런데 왜

물론 몇 년간의 긴 여행 후
흔들림 없이 잘 사는 사람들도 있다.
여행을 긴 휴식이나 배움,
혹은 재충전의 계기로 삼고 더 힘차게
살아가는 사람들이 그런 경우다.

사람들에게는 시원스럽게 권하지 못할까?

긴 여행 끝에 감수해야 할 것들이 너무 벅차 보이기 때문이다.

한때, 아니 요즘도 '떠나라'라는 외침이 삶에 지친 우리에게 신선한 자극과 용기를 준다. 모든 것 버리고 떠나기, 이 얼마나 쿨하고 멋진 말인가. 요즘은 이런 심플하고 자극적인 구호가 사람들에게 어필한다. 말이 길면 안 된다. 많은 이들이 떠난 후의 이러저러한 현실에 대해서는 듣고 싶어하지 않거나 외면한다. 지금 이 지긋지긋한 현실을 떠나고 싶기 때문에 뭔가 용기를 북돋아주는, 혹은 떠나고자 하는 자신을 합리화할 근거가 필요하기 때문이다. 물론 나도 모든 것을 버리고 떠났지만 그 후 이런저런 과정을 겪고 나니 저절로 조심스러워진다. 사실 여행이야 뭐 어려운가. 누구나 걱정하는 것은 그다음에 이어질 불안하고 긴 삶일 것이다.

물론 몇 년간의 긴 여행 후 흔들림 없이 잘 사는 사람들도 있다. 여행을 긴 휴식이나 배움, 혹은 재충전의 계기로 삼고 더 힘차게 살아가는 사람들이 그런 경우다. 그들에게 여행은 자신의 삶에서 기획된 '이벤트'이기에 여행을 끝내고 나서도 앞으로 가야 할 분명한 목표가 보인다. 이런 태도는 그동안 우리가 살아왔던 사회적인 분위기였고 거기에 만족하고 살면 괜찮을 것이다.

그러나 돌아와 자리를 잡는다는 게 쉬운 일은 아니며, 일상에 마음 붙이고 산다는 것도 쉽지 않다. 한번 금단의 과실을 맛본 이는 돌아온 현실에 쉽게 만족하지 못한다. 그들이 힘들어하는 것은 삶의 고통 때문도, 돈 때문도 아니다. 우리 사회가 너무 숨 막혀, 그 반복되는 일상과 팍팍함이 싫어 떠났는데, 다시 그 사회로 돌아가야 한다는 게 답답한 것이다. 결코 게을러서가 아니다. 고민하고 방황하는 사람은 주어진 목표를 향해 정신없이 뛰는 사람보다 더 진지하게 자기 자신을 성찰한다.

자신이 살던 세계를 버리고 떠난 사람은 돌아와 가슴속에 자신의 세계를 건설해야 한다. 이 사회에서 만든 신기루 같은 관습과 가치, 윤리와 법과 질서를 버리고 새로운 세계를 만들어야 한다. 일상은 변한 것이 없지만 그것을 바라보는 자신의 시각이 변하고, 그에 따라 자신의 가치도 변하기 때문이다.

그런데 이것은 그냥 되는 일이 아니다. 사회의 뻔한 가치를 따르기도 싫고, 그렇다고 무조건 거부할 수도 없는 어중간한 상태에 빠져 삶이 모호해질 수 있기 때문이다. 또한 부유하는 이 세상에 몸과 마음을 바칠 가치가 별로 없어 보이기 때문에 그런 데에서 오는 내적인 갈등도 있다.

짧은 여행이든 긴 여행이든 후유증은 있다. 오늘은 추억을 회상하며 행복할 것이고, 내일은 변함없는 일상에 한숨도 쉬겠지. 직장이 다시 생기든, 친구들이 있든, 부모가 있든 낯선 땅에 유배된 것처럼 이 익숙한 세계가 종종 서글프고 허전할 것이며, 이 세상에 있을 것 같지 않은 곳을 향한 끝없는 그리움에 가슴이 저릴 때도 있으리라. 그럼에도 다시 주어진 삶을 열심히 살고 자신을 돌아보는 사람들을 보면 나는 진한 연민을 느낀다.

여행 후유증이 생기면 나 역시 고스란히 여행병을 앓는다. 그럴 때는 책의 구절도, 거리의 철학도, 흔하게 떠도는 얘기들도 나의 마음을 채워주지 못한다. 다만 어디론가 흘러가는 검은 강물을 바라보는 순간들이 위로가 될 뿐.

그래, 저 강물처럼 나도 흘러가거라.

시간이 가면 여행 모드가 다시 일상 모드로 변하겠지.

어차피 우리는 시간 속에서 자신을 완성하는 존재다. 그러므로 시간의 힘을 빌리는 수밖에.

여행과 삶, 풀고 조이고

여행이든 삶이든 풀고 조이는 게 있어야지, 한 가지 태도로만 살
수는 없다. 언젠가 오랫동안 인도를 여행하다가 돌아온 사람이
술자리에서 이런 얘기를 했다.

"아이고, 내가 지금 하는 일이 엄청 힘들어요. 거의 노가다예요.
하루 일을 끝내고 나면 온몸이 두들겨 맞은 것처럼 쑤시고 죽을
것 같아요. 그래도 인도에서의 그 권태, 지루함을 생각하면 '아,
내가 지금 얼마나 행복한가' 라고 생각하며 이겨낸다니까요."

"크하하하!"

모두들 웃고 넘겼는데 나도 예전에 경험한 것이기에 대충 짐작이
갔다. 그리고 여행 중에 만난 오래된 여행자들이 생각났다.

이탈리아 피렌체의 유스호스텔에서 같은 방에 묵던 40대 초반의 독일인은 매우 피곤한 표정을 짓고 있었다. 그는 인도와 동남아시아를 여행하고 2년 만에 이곳으로 돌아온 것이라고 했다. 낯선 곳에 와서 무기력하게 앉아 있는 그가 이상해 보여서 무슨 일이 있느냐고 물었다.

"아니 그냥…… 조금 피곤해서. 10년째 이렇게 들락날락하면서 여행을 하고 있는데 이제 여행이 즐겁지 않은 것 같아. 그렇다고 집으로 가고 싶은 것도 아니고. 오히려 집이 가까워질수록 마음은 더 우울해져. 왜 이렇게 허전하고 불안한지 모르겠어. 내 마음을 어디다 두어야 할지 모르겠어."

나 역시 들락날락하던 생활이 4년째 접어들고 있어서 그의 심정이 조금은 이해가 되었지만, 그때는 첫 유럽 여행이었기에 하루하루가 즐거웠다.

"그럼, 돌아가지 말고 계속 여행하는 삶을 살면 되잖아."

그는 물끄러미 나를 바라보더니 쓸쓸하게 웃으며 대답했다.

"여행은 돈이 있어야 하잖아. 독일에서 몇 달간 일하면 그 돈으로 동남아 같은 데에서 오랫동안 여행할 수 있긴 한데, 문제는 그런 여행도 이젠 별로 즐겁지 않다는 거야. 그렇다고 정착도 하기 싫고……."

어깨를 축 늘어뜨린 채 원치도 않은 고향을 향해 가던 그 독일인의 뒷모습을 보면서, '그렇게 꿈꾸던 길 위의 삶도 시간이 흐르자 이렇게 변해가는구나. 앞으로 나 역시 저런 길을 가는 것은 아닐까?' 하는 불안감이 가슴 한구석에 깃들었다.

여행을 오랫동안 하거나 너무 자주 하다 보면, 또 오랫동안 생산적인 일을 하지 않다 보면 무기력증에 빠지게 된다. 그래서 가끔 동남아에서 장기 여행을 하는 사람들 중에는 여행도 안 하면서 한국인 식당에 죽치고 앉아 고독한 표정으로 하염없이 시간을 보내는 이들도 있다. 나도 한때 그런 적이 있었다. 한국인 식당은 아니었지만 카페에 앉아 멍하니 시간을 보냈다. 어떤 날은 허름한 게스트 하우스에 누워 있다 보면 미칠 것만 같았다. 물론 개인적인 상황 탓도 있지만 똑같은 길을 오랫동안 걸어가다 생긴 '여행 피로증' 때문이었다.

박물관 피로증이란 게 있다. 계속 똑같은 눈높이로 비슷한 조명, 비슷한 거리에서 관람을 하다 보면 피로가 쉽게 온다는 것이다. 여행도 그렇다. 너무 오래, 자주 해서 익숙해지다 보면 지겨울 때가 있다. 직장 다니는 사람들이 매일, 똑같은 일상생활을 지겨워하듯이.

여행을 싱싱하게 하는 방법은 사람마다 다를 것이다. 내 경우에는 여행하면서 글과 사진에 빠지기도 하고, 사색 등을 통해 탈출구를 찾고, 해변에서 뒹굴며 독서도 하고, 먹고 마시고 놀기도 했다. 럭

셔리한 여행도 하고, 짧은 여행도 하고, 오지 다니다가 식상해지면 도시를 여행하기도 하고, 그러다가 사서 고생하며 바람처럼 달리기도 하고, 하여튼 몸부림을 쳤다.

그런데 어느 순간 너무도 당연한 사실을 깨달았다.

"여행이 즐거우려면 현실의 삶에서 스트레스가 많아야 해!"

그 스트레스가 쌓이고 쌓여야만 팍 튕겨 나갈 때의 쾌감이 극대화되는 것 아닌가. 그런데 현실에서 느슨하게 살다가 여행하니 그 여행이 짜릿할 리 있나. 안에서 편하고 밖에서 즐겁고 그런 것은 없었다. 삶에서 무위자연의 모습을 흉내 내며 풀고 또 풀다 보면 오뉴월 더위에 축 늘어진 개처럼 되는 것이다.

그래서 생각한 게 절제와 극기였다. 그리고 풀어진 근육을 조이는 것처럼 삶을 조였다. 시간을 아꼈고 심플 라이프를 지향했다. 먹는 음식의 양도 줄였고 가짓수도 줄였으며 만나는 사람도 줄였다. 그리고 글을 썼고 공부했으며 돈벌이도 악착같이 했다.

그렇게 한동안 조이다 보니 어쩌다 나가는 여행이 얼마나 달콤하고 좋은지! 결국 모든 일이 풀어지면 조이고, 조여지면 다시 풀어져야 했다. '버림과 비움'도 글자 그대로 집착하면 피로해진다. 다시 채우는 과정도 필요한 것이다. 번뇌 없는 구름 위의 상태로 샤악 올라가고 싶은 열망 속에서 읽는 깨달음의 말들은 달콤하지만, 그것이 자신의 체험 속에서 얻어진 것이 아니라면 아무리 좋은 말도 박제된 동물 같은 것이다.

그러므로 그런 깨달음을 조금이나마 맛보려면, 말이나 글에 집착할 것이 아니라 세상 속으로 들어가야 했다. 그리고 어느 순간 그것들이 나의 길잡이가 되어주었다.

사상에만 교조주의가 있는 게 아니라 여행에도, 명상에도 교조주의는 있다. 길을 가면서 가장 조심해야 할 것은 바로 이런 점이었다.

지금이 아니어도 괜찮아

어느 날 날아온 메일 한 통. 한 고등학생이 이 세상에서 자신이 해야 할 일은 여행을 하고 글을 쓰는 것이라며, 자퇴를 할 예정인데 조언을 해달라는 얘기였다.

아, 그걸 보는 순간 난감하면서도 가슴이 찡했다. 과거의 내가 생각나서였다. 나 역시 고등학교 시절 종로에 있는 학교를 가면서 '여기는 파리의 샹젤리제 거리다', 북한산성을 오르며 '여기는 페루의 마추픽추다' 이렇게 상상하며 하루하루를 보낸 적이 있다. 그때 나는 이 세상과 학교생활이 너무 갑갑해서 그런 상상으로 하루하루를 견뎠고, 집에 돌아오면 동네 뒷산의 숲과 나무 사이를 돌아다니며 '여기는 아프리카의 정글이다'라고 자기 암시를 했다. 지금으로부터 약 30여 년 전에 동네와 산을 맨발로 돌아다니는 빡빡머리 고등학생이라니! 그 모습은 마치 실성한 사람처럼 보이기도 해서 길 가던 여학생들이 피할 정도였다.

실제로 나는 반쯤은 미쳤었다. 그래서 아프리카에 가서 타잔처럼 살고 싶다는 상상을 했다. 아침이면 일어나 과일을 따 먹고 저녁이면 물고기 잡아 구워 먹고, 치타와 놀고 제인 같은 예쁜 여자와 뒹굴면서 살아가는 낙원, 나만의 왕국을 꿈꾸었다.

물론 아프리카에는 밀림보다 초원이 많다. 그리고 영화 〈타잔〉의 촬영지는 아프리카가 아니라 태국의 어느 정글 지역이며, 타잔이란 순전히 서구 중심적인 관점에서 만든 인물로 그 자체가 허구의 세계였다. 그러나 일상에서 탈출하고 싶은 고등학생에게 그런 사실이 무슨 상관이란 말인가? 심지어 어느 날은 밀항선을 타려고 인천 항구를 어슬렁거리기까지 했던 나로서는 자퇴를 하겠다는 그 고등학생의 메일이 남의 일 같지 않았다.

'무슨 대답을 해줘야 하나……'

워낙 바쁜 와중이어서 간단하게 답변하고 우선 블로그에 쓴 글들을 참고하라고 했지만 그날 내내 많은 생각이 들었다.

세상에는 수많은 사람들이 있다. 당장 떠나지 않으면 몸살이 나고 살 수 없을 것 같은 사람이라면 떠나야 한다. 정신 건강상 떠나야 하고 남은 인생을 위해서도 떠나야 한다. 내가 그랬다. 난 해외여행 자유화가 되자마자 모든 것을 정리하고 떠났다. 고등학교 시절부터 그토록 나가고 싶어했고 직장에 다닐 때는 마음대로 나갈 수 없는 현실이 답답해 자다가 말고 벌떡 일어나 밤거리를 달리던 내가 뭘 망설였겠는가.

그러나 많은 사람들은 그렇지 않을 것이다. 떠나고 싶어도 떠날 수 없는 사람들이 있다. 돈이나 시간도 문제겠지만, 자신의 이기적인 열망 때문에 모든 것을 버리고 떠난다는 것은 분명 쉽지 않은 일이다. 얼마 전에 만난 30대 직장인은 이름만 대면 다 아는 대기업의 샐러리맨으로 내 눈에는 아무 문제 없이 직장생활을 하고 있는 듯 보였다. 그런데 얘기를 나누던 중 그가 갑자기 이런 말을 했다.

"남들이 모두 부러워하는 직장에 다니고 있긴 한데, 내 삶에 나는 없고 일만 있어요. 한 번 사는 인생인데 하고 싶은 거 하면서 살아야겠다는 생각이 들 때면 당장 떠나고 싶은데, 아내와 딸아이를 보면 차마 그럴 수 없고……. 잘 살고 있는 것인지 모르겠어요."

떠나고 싶지만 주어진 현실과 상황 때문에 그 마음을 접어야 하는 사람이 어디 그뿐이겠는가. 사람에 따라 나이 앞에서 용기를 내지 못할 수도 있고, 나이 든 부모를 보면서 떠나고 싶은 욕망을 억누를 수도 있으며, 돌아온 후의 삶에 대한 두려움 때문에 쉽게 결정을 못 내릴 수도 있다.

그런데 나는 당장 떠나지 못하는 삶도 소중하다고 생각한다. 그리고 이런 사람들이 때를 늦추며 여행에 대한 꿈을 키워가는 모습이 참 아름다워 보인다.

오랜만에 후배를 만났다. 그를 안 지 벌써 16년이 흘렀다. 1990년도에 조그만 여행 모임을 만들어 한 대학 강당에서 여행 설명회를 한 적이 있는데, 당시 그걸 들으러 온 학생이었다. 그는 대학 시절 누구보다 열심히 여행을 했지만 직장에 들어간 후 평범한 회사원의 길을 걸었고 벌써 40대 초반의 나이가 되었다.

그러나 그의 가슴속에는 아직도 여행에 대한 뜨거운 열정이 남아 있다. 결혼한 후 아내와 딸과 함께 주말마다 근교 여행을 다니고 틈만 나면 짧은 해외여행도 즐긴다. 그리고 컴퓨터 앞에 앉아 지난 여행담을 글로 옮길 때, 일상의 고단함을 잠시 잊은 채 행복해한다. 그는 언젠가 퇴직하면 긴 여행을 떠날 꿈을 꾸며 열심히 생활하고 돈을 모은다. 여행은 그에게 세상을 이겨나가는 원동력이다.

또 이웃 블로거 중의 한 사람은 성실한 직장인으로, 일하는 틈틈이 커피 뽑는 것을 연구하고 빵도 직접 굽는다. 젊은 시절에 해외여행을 많이 했고, 한때 모든 걸 그만두고 여행이나 할까 하는 충동도 느꼈지만 현실을 인정하고 아이를 잘 키우고 있다. 그의 꿈은 퇴직한 후 부부가 손을 잡고 여행하는 것이며, 태국의 치앙마이 같은 곳에서 빵과 커피를 팔며 소박하게 살아가는 게 꿈이다. 지금은 매주 도보 여행을 하면서 그걸 꼼꼼하게 정리하고 블로그에 올린다. 떠나는 용기 못지않게 자신의 의무를 다하며 여행에 대한 꿈을 키워가는 모습이 듬직해 보인다.

사람은 저마다 자기의 길이 있다. 어느 방향이든 남의 흉내를 내지 않고 자기 속도로, 자기 길을 가는 것이 중요하다.

나는 당장 떠나지 못하는 삶도 소중하다고 생각한다.
그리고 이런 사람들이 때를 늦추며 여행에 대한
꿈을 키워가는 모습이 참 아름다워 보인다.

장기 여행 전성시대

요즘은 장기 여행 전성시대다. 한 달, 두 달 정도가 아니라 1년, 2년 혹은 그보다 많은 세월을 돌아다니거나 5년, 10년씩 한국에 돌아오지 않은 채 길 위에서 사는 사람들도 생기고 있다.

"그럼, 그 돈은 다 어디서 나지요?"

배낭여행을 해보지 않은 사람들은 종종 그런 질문을 한다. 물론 쾌적한 호텔에서 묵고 맛난 음식을 먹고 다닌다면 엄청나게 들겠지만 장기 여행자들은 그런 여행을 하지 않는다. 이 넓은 세상에 물가 싼 나라들은 매우 많다. 장기 여행자들은 유럽 등을 제외한 나라에서는 1박에 몇천 원 하는 허름한 게스트 하우스에서 묵고, 거기서도 더 싼 도미토리를 찾아다닌다. 음식은 몇백 원 정도에 해결하고 몇십 원도 발발 떨며 아끼고 또 아낀다. 그래서 장기 여행자들은 대개 물가 비싼 나라는 빠르게 통과하고 물가 싼 나라에서 많은 시간을 보내는데, 한 달 생활비로 약 30만~40만 원을 쓴다면 1년에 400만~500만 원이 든다. 물론 이보다 더 싸게 하는 사람들도 있고 더 쓰는 사람들도 있다.

이런 얘기를 학생들에게 해주면 모두들 "와!" 하고 탄성을 지르며 부푼 꿈에 젖는다. 그러나 그들이 겪어야 할 열악한 숙소와 인내심, 그리고 오랜 시간 속에서 그것이 계속될 때의 어려움과 피곤함에 대해 얘기해주면 긴장한다.

장기 여행은 단기 여행과는 좀 다르다. 한두 달 미만의 단기 여행은 아무래도 즐겁고 흥분되는 경험들이 많다. 그런데 몇 달 혹은 해를 넘기는 장기 여행에서는 온갖 것들을 경험하게 된다. 즐겁고 희망찬 것뿐만 아니라 어려움, 슬픔, 지겨움 등까지 모두 겪으면서 삶에 대해 조금씩 깊이 생각하게 된다. 그렇게 사유의 폭이 깊고 넓어지면서 세상과 자신을 바라보는 태도가 점차 변한다. 시간이 갈수록 자신이 살아왔던 세상과 거리를 두면서 자신만의 삶의 가치를 찾으려 하며, '작은 철학자'가 되어간다. 이 부분은 단기 여행자들이 누리지 못하는 값진 경험이다.

장기 여행의 형태는 일찍이 서양과 일본에서 나타났다. 서양에서 여행이 대중화되기 시작한 것은 근대부터이다. 19세기부터 중산층 사이에서 여행 붐이 일다가 1960년대에 들어오면서 젊은이들에게까지 대중화된다. 특히 산업화에 반발하면서 반문화 운동의 선두에 섰던 사람들은 자신들의 사회를 비판하고 일하기 싫다며 인도로, 동남아로 몰려들기 시작했다. 그중에는 히피들도 있었고 평범한 젊은이들도 있었으리라.

그들의 여행 행태는 일반 여행자들과 달랐다. 바쁘게 돌아다니는 것이 아니라 게으르게 노닥거리며, 노래 부르고 사유하며, 때로는 대마초를 피우면서 세상에 반항하고 자신들의 세상을 창조하고자 했다.

그들은 복귀할 날짜도 없었고 돌아갈 곳도 없었다. 최소한의 경비를 지출하며 넘치는 시간 속에서 여행하는 삶을 살았다.

그런 여행의 바람이 한국에 불기 시작한 것은 1990년대부터다. 1980년대 후반 해외여행 자유화가 된 이후 먼저 여행하고 돌아온 이들이 금쪽같은 여행 정보를 사람들에게 알려주기 시작했다. 이런 활동에 힘입어 1990년대 중반부터 해외 배낭여행은 점점 대중화되었고 점차 많은 장기 여행자들이 나타났다. 학생들은 휴학계를 내고, 직장인들은 사표를 내고, 삶에서 상처 입은 사람들은 세상에 등 돌리고 기약 없는 길을 떠났다. 이들에게 여행은 삶 속에서 기획된 이벤트가 아니라 궤도를 따라가던 삶을 뒤엎는 사건이었다.

처음에는 누구나 희열로 시작한다. 낯선 문화와 수많은 볼거리에 흥분하고 자신이 여행한 나라의 수, 세계 일주, 횡단, 종단 등의 실적에 집착하기도 한다. 그러나 여행이 길어짐에 따라 점점 깊숙한 곳을 들여다보고 싶어진다. 이런 여행자들은 바쁜 것을 멈추고 한군데 머물며 달콤한 시간 속에서 지금까지 누리지 못한 평화와 끝없는 자유를 맛본다.

그러나 여기에는 함정도 있다. 나는 여행하며 마약에 빠진 이들을 종종 보았다. 마리화나나 하시시 정도는 흔했고 케미칼, 즉 필로폰까지 손댄 이들도 보았다. 파키스탄에서 필로폰을 맞는 젊은 일본인을 보았는데 그의 눈빛은 덜덜 떨리고 있었고 아마 지금쯤 죽었을 것이다. 바라나시에서 마약을 너무 하다가 죽어서 화장터에서 태워진 이탈리아 여행자 얘기도 들은 적 있다.

무한한 자유가 이끄는 또 다른 함정은 섹스다. 세상의 중심을 벗어나 방랑하는 이들은 규정되지 않은 경계인이라는 해방감 속에서 성적인 쾌락에 탐닉하기도 한다. 특히 물가 싼 동남아나 인도에서 그런 사람들을 가끔 보는데, 결국 무절제한 생활 속에서 점점 생기를 잃고 추락한다. 이런 여행은 훗날 엄청난 대가를 치르게 된다.

장기 여행은 자유가 넘치는 길이면서 동시에 자신의 삶이 무너질 수도 있는 아찔한 모험이기도 하다.

몸보다 정신이 어렵고, 여행보다 길게 이어지는 삶이 어렵다. 언젠가 여행은 끝이 나고, 그때부터는 또다시 진짜 삶이 기다린다. 그러니 황야의 검객처럼 늘 깨어 있는 사람만이 먼 길을 갈 수 있다. 마약에도, 섹스에도, 어설픈 깨달음의 노래에도, 유유자적에도 쉽게 머물면 안 된다.

자신을 믿고 먼 길을 갈 용기와 확신을 가진 이라면, 장기 여행은 일생에 한 번 해볼 만한 일이다. 이 시대에 장기 여행은 '성인식'처럼 인생의 통과의례와도 같다.

고대 신화 속 작은 영웅들을 보면, 어느 날 자신의 삶에 대해 회의를 느끼면서 자신의 근원을 알기 위해 익숙한 세상을 용감하게 등

진다. 그리고 이곳저곳 떠돌면서 수많은 난관에 부딪히고 성장한
후 다시 자신이 살던 곳으로 돌아온다.

성장은 그렇게 단절로부터 시작된다.

떠나는 사람과
떠나지 않는 사람

예전에 여행이 싫다는 사람을 만난 적이 있다. 나이 든 사람이어서 당연히 체력 때문에 그런가 보다 했는데, 젊었을 때부터 그랬다는 것이다.

"왜 여행이 싫으세요?"

"힘들고 귀찮아. 특히 배낭여행은 고생을 얼마나 많이 해? 모든 걸 자기가 다 해나가야 하는데 피곤해."

"그럼 패키지 여행을 하면 되잖아요."

"그것도 싫어. 모르는 사람들과 어울려야 하고 짜증 나잖아. 별 사람들이 다 모이잖아."

"그런 게 재미있지 않아요?"

"재미있기는 피곤하기만 하지. 그리고 난 낯선 곳에 가는 게 싫어. 영 불안하고."

'야~ 이런 사람도 있구나!' 하는 생각이 들어 그를 자세히 관찰해 보니 한 가지 특징이 있었다. 그는 자신의 사회적 지위, 명예, 하고 있는 일에서 오는 권력, 주변 관계에 매우 집착하고 그걸 중요하게 생각하는 사람처럼 보였다. 나에게 '아무것도 아닌 그것'은 그에게 신주 단지였고 나에게 가장 소중한 가치인 자유는 그에게 별것 아니었을 것이다. 그러니까 안에서든 밖에서든 편하게 대접받고 살고 싶다는 얘기 같았다.

나는 단 한 번이라도 좋으니 모든 걸 다 훌훌 털어버리고 자유롭게 여행해보라고 말해주고 싶었다. 낯선 곳에서 이방인이 되는 즐거움이 얼마나 큰 것인지, 우리 삶에서 여행이 얼마나 소중한 의미와 가치를 갖는지 알려주고 싶었지만 그냥 돌아섰다.

여행을 하면서 말과 문화와 관습이 다른 곳으로 들어가는 순간, 자신의 이미지는 한순간에 증발되며 아무것도 없는 맨몸이 된다. 그 순간 상실감도 있지만 마치 새로 태어난 것 같은 탄생의 즐거움도 느낀다. 그렇게 여행을 마치고 돌아오면 새로운 삶을 얻는 기쁨도 누린다.

그런데 오랜 여행을 통해 이런 과정을 계속 겪다 보면 문득 세상의 가치들이 덧없게 느껴진다. 자신이 갖고 있는 사회적 지위나 명예 등이 그냥 '무(無)'로 돌아가는 상실감을 경험하기 때문이다. 길에서 만난 사람끼리 누가 알아주나. 아무리 어깨에 힘주고 폼 잡아봐도 자기만 어색해질 뿐이다. 여행길에서는 자신이 과거 누구인지는 아무 소용 없다.

식상한 말이지만 언젠가 우리는 모든 것을 버리고 떠난다.

여행을 좋아하는 사람들은 의식하든 의식하지 않든 그걸 몸으로 체득하고 있다. 그래서 세상의 가치보다는 여행의 자유로움을 그토록 원하는 것이 아닐까?

잠시 동안이나마 모든 것을 뒤로하고 길을 걸으면 허전하기도 하다. 그러나 허전함은 잠깐이다. 여행길에는 온갖 즐거움이 기다린다. 사람들의 따스한 인정, 아름다운 자연, 낯선 세상에서 만나는 신기한 풍물, 삶에 대한 깊은 사색 그리고 이 땅 위에 잠시 존재하는 것들에 대한 사랑……. 이런 여행의 기쁨을 한 번이라도 누린 사람들은 세속적인 것들이 시든 과일처럼 얼마나 보잘것없는가를 알게 된다.

사람들아, 소유에서 오는 만족을 추구하지 말고 존재에서 오는 기쁨을 추구하라.

지금 가진 것이 없어 눈물 흘려도 존재의 기쁨을 차곡차곡 가슴에 담아두라. 그대들의 눈물은 보석이 되고 미소는 별이 되리라. 등이 고부라지고 백발이 성성해도 그대들의 얼굴은 찬란해지리라.

Life is a journey

기약 없이 길 위에서 시간을 보내던 때가 있었다. 그 시절, 남인도 '마이소르(Mysore)' 란 도시의 어느 힌두교 신전에서 일본인 친구를 만났다. 나와 비슷한 나이의 그는 인도에 푹 빠져 인도만 세 번째 여행한다고 했다.

돈 떨어지면 돌아가서 돈을 벌어 다시 오고……. 비슷한 처지의 두 마리 베짱이는 마치 오랜 지기를 만난 듯이 반갑게 얘기를 나누었다. 서로 여행 정보를 교환하다가 나중에는 '우리는 왜 여행을 하는가' 라는 주제에 대해 얘기하기 시작했다.

사실 그와 나의 여행은 여행이라기보다는 '방랑'이었고 30대 중반에 들어선 그나 나나 세상에 돌아가서 할 일은 별로 없어 보였다. 변변한 직장으로 돌아가기란 불가능했고 또 원하지도 않았다. 결국 아르바이트 수준의 일을 해서 돈을 버는 수밖에 없었는데, 우리는 그것에 만족했고 돈 벌면 다시 떠날 생각만 한다는 것을 서로 확인했다.

그리고 둘이 내린 결론은 'Life is a journey!' 이었다. 인생 자체가 여행이므로 이 세상에 미련 갖지 말며, 자유롭게 여행이나 하면서 살자는 것이다. 세상의 기준으로 볼 때 그런 대책 없는 베짱이들의 앞날은 얼마나 한심해 보였을까? 그러나 우리는 그 한심함에 대한 우려와 비난조차 코웃음 칠 정도로 자신 있었다. 누구나 여행 중에는 세상을 잊는 법. 그리고 얼마나 패기만만했던 30

여행이 내게 준 것들은
허허로운 자유와 이 세상에 살아도
이곳 사람이 아닌 바람 같은 존재감이었다.
땅 위를 맴도는 허허로운 바람은
결국 언젠가 지평선 너머를 향할 테니
여전히 'Life is a journey'이다.

대였던가. 우리는 대책 없는 삶 이후에 닥쳐올 가난과 노후에 대한 염려도 비웃으며 서로 용기를 북돋아준 후 헤어졌다.

그리고 2개월 후 그를 남인도 코발람(Kovalam) 해변에서 또 보았다. 바닷가 식당에서 밥을 먹던 중이었는데 그는 그곳에 와서 담배를 사고 있었다.

"어, 일본 친구!"

이름을 몰랐던 나는 돌아서는 그를 불러 세웠고 우리는 잠시 해변가에 앉아 얘기를 나누었다.

"그동안 어디 여행했어요?"

"계속 남인도를 여행하고 있어요. 이제 스리랑카로 가려고 합니다. 스리랑카 어때요?"

나는 인도로 오기 전에 잠깐 들렀던 스리랑카에 대해 얘기해주었다.

"지금 어디 묵어요?"

"마을에 있는 현지인 집에서 민박하고 있어요. 바닷가에 있는 숙소는 비싸서⋯⋯."

내가 묵고 있던 바닷가 숙소는 1박에 3000~4000원 정도였는데 그는 그곳보다 훨씬 싼 몇백 원 하는 민박에 묵고 있다고 했다. 그는 그렇게 아끼며 하루라도 더 길 위에 있고 싶어했다. 그렇게 잠시 회포를 푼 후 우리는 이름도 주소도 묻지 않은 채, 또 만날 기약도 없이 헤어졌다. 그런데 돌아서던 그의 초라한 뒷모습과 새다리처럼 연약한 다리를 보는 순간 알 수 없는 불안감과 쓸쓸함이 온몸을 뒤덮었다. 우리의 앞날에 펼쳐질 고단한 삶에 대한 암시처럼. 그리고 세월이 흘렀고 나는 살면서 많은 일을 겪으며 이따금 그를 생각했다.

그는 어떻게 지내고 있을까? 삶이 만만치 않은데⋯⋯. Life is a journey. 그래, 인생은 여행이지. 그 길에서 가끔은 피곤했고 가끔은 슬펐으리라.

지금 와서 돌이켜보면 여행이 내게 준 것들은 허허로운 자유와 이 세상에 살아도 이곳 사람이 아닌 바람 같은 존재감이었다. 땅 위를 맴도는 허허로운 바람은 언젠가 지평선 너머를 향할 테니 여전히 'Life is a journey'이다.

그러나 가끔 이런 생각도 한다. 어차피 삶이 여행이라면 굳이 떠나지 않아도 우리는 여행 중이라는 것을. 그리고 우리는 지구 위에 달라붙어 살고 있지만 그 지구는 태양계와 은하계를 돌고 있다는 것을…….

나는 여전히 종종 떠나지만 동시에 한 곳에 앉아 하늘과 바람과 별을 바라보며 지구를 타고 우주를 여행하는 법을 배운다.

일본인 친구는 어떻게 변해 있을까?

다시는 만날 수 없는 그지만 텔레파시로 그를 불러내본다. 들려오는 대답은, "맞아요! 우린 역시 비슷한 나이라서 그런가, 생각도 비슷하군요."

실제로 만나도 그렇지 않을까? 비슷한 길을 비슷한 세월만큼 걸어가면 생각도 비슷해진다. 그게 더 잘나고 못남도 없는, 모두 비슷한 우리의 모습이겠지.

Shiny things picked up on the street.

02

길에서 주운
빛나는 것들

삶 속의 숨은 그림들이 잘 안 찾아질 때는 여행을 떠난다.
세상 속에, 타인 속에, 내 속에 겹겹이
숨어 있는 숨은 그림들을 찾아 여행을 떠나는 거다.
여행과 삶이 즐거운 유희가 될 때 우리는 행복해진다.

여행은 삶 속의
숨은 그림 찾기

숨은 그림을 잘 찾는 방법.

첫째, 찾으려는 욕심을 버린다.

둘째, 뒤로 물러나 전체를 본다.

셋째, 그래도 안 보이면 딴청을 하다가 다시 본다.

여행은 그렇게 삶 속의 숨은 그림들을 찾는 과정이 아닐까?

욕심을 버리고 살던 곳을 떠나 딴청을 부리다 보면 평소에 안 보이던 삶 속의 숨은 그림들이 보인다. 아프리카에서는 광활한 대자연과 동물들 앞에서 인간을 돌아보고, 눈 덮인 시베리아에서는 황량한 비장미를 맛보며, 뉴질랜드의 초원에서는 한적한 평화로움을 맛본다. 인도에 가면 사색의 기운 속에 푹 빠지고, 동남아에 가면 풍요로움 속에서 흥청거리는 분위기에 젖으며, 유럽에서는 고풍스러운 건물을 보며 낭만에 젖는다. 그렇게 다른 세상에 빠져 있다가 자신이 살던 곳으로 돌아오면 예전의 사회가 현재의 사회가 아니고, 예전의 내가 현재의 내가 아니다.

세상은 요술 구슬 같아서 이렇게 보면 이게 보이고 저렇게 보면 저게 보인다. 여행은 그렇게 삶 속에 숨어 있는 다양한 그림들을 보는 행위다.

또 여행을 떠나면 내 안에 숨어 있는 다양한 나를 만난다. 직장 다닐 때 양복을 단정하게 입은 신사의 모습은 나의 일부분이었다. 하지만 나는 행색에 따라, 혹은 여행지에 따라 다른 사람으로 대

접받았다. 수염을 기른 거친 모습의 나는 유럽에서 도둑놈 취급을
받은 적도 있었으나 인도에서는 멋진 수행자 대접을 받기도 했다.
잘 사는 나라에서는 초라한 여행자였으나 가난한 나라에서는 부
자 여행자였다. 또한 나는 불쌍한 거지들에게 한 푼을 주는 인자
한 사람이었지만 동시에 끊임없이 달려드는 끈질긴 거지들에게는
야박한 사람이기도 했다.

이런 과정 속에서 나의 실체는 없었다. 그것은 작은 혼란이었지만
동시에 나를 넓게 확장시켰다. 내 속에는 인간의 모든 모습들이
담겨 있었다. 하나의 모습이 무너지고 나의 수많은 모습들을 발견
하자 사람에 대한 차별 없는 마음이 생기기 시작했다. 그들이 바
로 나였고 내가 또한 그들이었다. 피부 색깔, 국적, 옷차림, 고정
관념을 벗어나 맨정신으로 찾아내는 그 숨겨진 그림들은 언제나
나를 감동시켰다.

한때 나는 세상 깊은 곳에는 단 하나의 그림이 숨어 있다고 믿었
고 살아 있는 동안 그것을 찾는 것이 삶의 목표였다. 하나의 신,
하나의 깨달음, 하나의 가치, 하나의 이데올로기의 그 '하나'를
찾으면 모든 궁금증이 다 풀리면서 나도 세상도 행복해질 것 같았
다. 그래서 깊이 파고들며 하나의 숨은 그림을 찾고자 했다. 그러
나 세월이 갈수록 그 길은 요원했고 이건가 하면 아니었고, 저건
가 하면 아니었다.

그러다 문득 서머싯 모옴의 소설 『인간의 굴레』에 나오는 글을 떠올렸다.

삶이란 페르시아 양탄자의 무늬처럼 의미가 없다는 것. 다만 아름다움 그 자체로 존재 가치가 있다는 얘기를 떠올리며 나는 생각을 바꾸기로 했다.

세상에는 하나의 숨은 그림이 아니라 수많은 숨은 그림들이 있고, 그 그림들의 의미보다는 아름다움, 그것을 찾아가는 과정 자체가 우리의 삶을 더욱 행복하게 한다는 것을 깨달았다.

숨은 그림들이 잘 안 찾아질 때 나는 여행을 떠난다. 세상 속에, 타인 속에, 내 속에 겹겹이 숨어 있는 그림들을 찾아 여행을 떠나는 거다.

그 아름다운 그림들을 찾아내는 여행이 나는 정말 좋다.

세계의 음식과 언어를
알아가는 기쁨

해외여행을 처음 떠나는 사람들이 가장 걱정하는 것이 음식과 언어다. 나 역시 마찬가지였다. 지금이야 어떤 나라의 어떤 음식도 잘 먹는 편이고 혼자 돌아다니기에 불편함 없이 의사소통을 하지만 이렇게 될 줄은 예전엔 상상조차 못했다.

한국 음식을 너무도 좋아해서 우리 어머니는 내게 이렇게 말씀하시곤 했다.

"넌 김치나 된장찌개를 너무 좋아하니까 해외에 나가서 못 살 거야."

아니나 다를까, 난생처음 대만으로 여행을 갔을 때 기름기와 향신료의 역한 냄새 때문에 그 맛있는 음식을 못 먹어서 늘 허기졌다. 또 본격적인 여행을 시작하며 홍콩에 갔을 때도 기름기 많은 홍콩 국수를 도저히 먹을 수가 없어서 맥도날드에 가서 햄버거를 먹곤 했다. 한국 음식점에 가서 먹기도 했지만 비싸서 참고 참다가 유스호스텔에서 한국 라면과 김치를 먹으며 얼마나 감격했던지 가슴이 떨릴 정도였다.

하지만 음식 고생은 계속 이어졌다. 태국에 와서 쌀국수를 처음 먹는데 국수 위에 파란 풀 몇 개가 떠 있었다. 아무 생각 없이 국수 한 젓가락을 떠서 입에 넣었는데 '웩!' 국수 속에서 역한 냄새가 치솟았다. 속이 메슥거렸지만 차마 뱉지 못하고 우물거리다가 그냥 눈 딱 감고 넘겨버렸는데 더 이상 먹을 수가 없었다. 알고 보니 그건 '팍치'라는 풀로 동남아나 인도 사람들이 매우 좋아하고 중국에서는 샹차이, 한국에서는 고수라고 부르는 풀이었다. 그들이 너무도 좋아하는 이 풀은 냄새가 비려서 한국 사람들은 대부분 입에 대지 못하는데 나 역시 그랬다.

카오산 로드 같은 곳에서 외국인 상대로 파는 음식은 괜찮았지만 지방을 다니다 보면 태국의 서민들이 먹는 음식은 먹기가 좀 역겨울 때가 많았다. 음식에 적응을 못하다 보니 여행 후 1개월 동안에는 몸이 삐쩍 말랐다. 그렇게 지내다가 싱가포르의 한국 음식점에서 된장찌개에 한국 맥주를 마시며 '일출봉에 해 뜨거든 날 불러주오~'라는 한국 가곡을 듣는 순간, 그만 눈물을 왈칵 쏟고야 말았다.

'아, 그리운 김치, 된장찌개여!'

인도나 서남아시아, 유럽에서도 사정은 비슷했다. 아주 고급 음식점이라면 모를까 처음 도착해서 먹는 음식은 입에 안 맞는 경우가 많아서 적응하는 데 시간이 걸렸다. 일본 음식도 처음에는 싱겁고 달아서 입맛이 당기지 않았다.

그러나 나는 그 음식들을 계속 먹고 또 먹었다. 생존을 위해서이기도 했지만 나 자신을 뛰어넘고 싶었다. 비록 음식이 안 맞아도 먹고 또 먹다 보면 맞을 거라 생각했고, 그렇게 하지 않으면 어떻게 긴 여행을 할 것인가라는 각오 때문이었다.

영원한 내 것이란 게 없다면
다른 것들을 받아들여야 여행이 즐거워진다.
나는 타인을 받아들이고 인정해야 한다는 것을
어떤 철학책이나 종교 경전보다도 해외여행 중
음식과 부딪치면서 더욱 절실히 깨달았다.

사실 입맛을 바꾸는 것처럼 어려운 것은 없다. 아무리 '남의 것을 받아들여라, 자기 것을 버려라' 하며 열린 마음을 주장하는 사람들도 해외에 나가면 입맛을 쉽게 바꾸지 못한다. 많이 배운 사람도 수행을 많이 한 사람들도 대부분 입맛 때문에 한동안 고생한다. 그래서 예전에는 출장으로 해외에 나가는 사람은 라면 수프를 잔뜩 갖고 간다는 말들도 했다. 그걸 밥에다 뿌려 먹으면 입맛이 산다는 것이다. 튜브에 든 고추장과 김 등을 갖고 다니는 사람도 보았다. 짧은 여행이라면 어쩔 수 없을 것 같다. 사람 입맛이 쉽게 변하지 않기 때문이다.

하지만 마음먹고 나간 긴 여행에서라면 현지 음식을 과감하게 먹어보라고 권하고 싶다. 괴롭겠지만 그 과정에서 처음에 싫었던 음식이 맛있어지는 놀라운 체험을 하게 된다. 사람은 어떤 상황에도 다 적응하게 마련인 법이다. 나는 한 달 정도 지나자 어떤 음식에도 적응해 나갔고 맛도 즐기게 되었다. 맛이란 것은 결국 습관이고 그 습관은 노력하면 깨지게 된다.

이런 과정에서 나름대로 떠오르는 생각이 있었다. 그토록 먹기 힘들던 음식도 익숙해지면 맛있어지는데, 하물며 내 감정, 내 판단 기준, 내 사상들은 믿을 만한 것인가. 내가 만약 다른 나라에서 태어나 이들처럼 먹고 자라고 교육 받았다면 나 역시 이들처럼 생각하고 판단할 것 아닌가. 과연 이 세상의 기준이란 무엇일까? 그 모든 것은 내 습관으로 형성된 틀 안에서 바라본 부분적인 것일 뿐 영원한 내 것이란 없는 것 아닐까.

영원한 내 것이란 게 없다면 다른 것들을 받아들여야 여행이 즐거워진다. 이것은 관념적인 얘기 같지만 실제 우리 삶에도 적용된다. 나는 타인을 받아들이고 인정해야 한다는 것을 어떤 철학책이나 종교 경전보다도 해외여행 중 음식과 부딪치면서 더욱 절실히 깨달았다.

나의 입맛을 버리자 먹는 즐거움은 엄청나게 커졌다. 어딜 가서 무얼 먹어도 맛있는 거다. 태국이나 베트남에서 쌀국수를 먹을 때는 그 비릿한 고수를 듬뿍 넣어 먹어야 제 맛을 느끼고, 처음엔 느끼해서 싫었던 기름기 많은 홍콩, 대만 음식들도 입맛이 당겼다. 싱거웠던 일본 음식도 좋아졌고 러시아의 보르쉬츠 수프와 시큼한 흑빵은 아예 처음 먹을 때부터 너무 좋았다. 파키스탄에서는 양고기, 아프리카에서는 염소고기를 군말 없이 먹었으며 태국에서는 다람쥐 고기, 중국에서는 자라탕도 먹어보았다. 나는 육식을 별로 좋아하지 않지만 가리지는 않았다. 아, 그리고 터키의 케밥은 얼마나 맛있었던가.

어떤 나라의 음식을 즐긴다는 것은 그 나라의 문화를 존중하고 받아들인다는 것을 의미한다. 물론 나는 여전히 한국 음식이 제일 좋지만 가끔 다른 나라의 음식을 즐기면서 내 삶이 풍요로워짐을 느낀다.

언어 역시 마찬가지다. 영어도 자신 없는데, 영어조차 잘 안 통하는 나라에서는 어떻게 여행을 할 것인가를 걱정하는 사람들을 종종 본다. 그러나 걱정하지 마시라. 영어를 정말 못하는 일본인도 세계 각지를 누비고 있다. 난 '하우 아 유?(How are you?)' 도 모르는 한국 사람이 혼자 여행하는 것도 보았다. 기차나 버스를 잘못 타서 엉뚱한 데로 가는 사람도 보았지만 그것조차도 지나고 나면 다 즐거운 추억이 된다.

사실 언어라는 것은 부차적인 것으로 의사소통에는 눈빛과 표정이 더 큰 힘을 발휘할 때가 있다. 악한 사람도 많지만 세상에는 선한 사람들도 꽤 많다. 언어가 잘 안 통하고 곤란할 때 꼭 나타나서 도와주는 사람이 있으며 그도 안 되면 손짓 발짓에 그림을 그려가며 대화를 나눌 수도 있다.

나는 영어를 하지만 그것도 여행에 불편함이 없는 정도일 뿐이다.

그러나 그것도 영어가 통하는 곳에서나 쓸 수 있지 영어가 통하지 않는 곳에서는 소용없다. 동유럽과 러시아 등지에서는 영어를 할 줄 아는 사람이 극히 드물어서 나는 사람을 붙잡고 그 나라의 언어를 배웠다. 터키, 불가리아, 루마니아, 헝가리, 체코, 폴란드도 그곳에 들어갈 때마다 음식점 종업원이나 숙소 매니저, 우연히 만난 학생 등 영어가 조금이라도 되면 나는 수첩에 적어가며 그 나라 말을 배웠다. 많이도 필요 없었다. 자주 쓰는 숫자와 인사말, 이것은 얼마냐, 화장실은 어디 있냐, 기차역이 어디냐, 어제, 오늘, 내일, 모레 등등 여행에 필요한 말들로 30~40마디 정도를 적은 후 외워서 써먹었다. 그러면 그 나라 사람들은 네가 어떻게 그 말을 아느냐면서 반가워하고 뭐든지 도와주려 했다.

러시아는 영어가 거의 안 통해서 미리 배워 갔다. 학원에서 한두 달 정도 배웠는데 알파벳을 아는 것만 해도 다행이었다. 말을 모르면 그림으로 그렸다. 상트페테르부르크에서 무좀이 심하게 걸렸는데 러시아어로 도무지 설명할 수가 없었다. 그렇다고 양말을 벗고 더러운 발을 보여줄 수도 없고. 할 수 없이 노트에 내 발을 그리고 발가락 사이를 볼펜으로 검게 칠한 후 긁는 시늉을 했더니 여자 약사가 웃으며 선뜻 약을 주었다. 시베리아 한복판의 하카시야 공화국의 수도 아바칸에서는 감기약을 사러 약국에 갔는데, 약사 앞에서 콜록콜록 기침을 한 후 골을 흔들며 두 손으로 잡고 아

프다는 시늉을 했더니 역시 금방 약을 주었다. 그런데 문제는 하루에 몇 번씩, 식후 또는 식전에 얼마큼 먹느냐를 그녀가 내게 알려줄 수 없다는 것이었다. 하지만 모든 것은 그림과 숫자, 그리고 몸짓이면 다 해결되었다.

언젠가 터키에서 만난 어느 여성은 영어를 한마디도 못했는데 묘하게도 다 소통이 되었다. 수첩에 적는 글과 그림과 눈빛을 통해서였다. 그것이 인연이 되어 나는 그녀의 마을까지 찾아갔는데, 그 집안과 마을 사람 중에는 고등학교에 다니는 그녀의 남동생 말고는 아무도 영어를 몰랐다. 그 남동생이 사전을 들고 다니며 틈틈이 통역해줬지만 그 모든 이들과는 눈빛과 몸짓으로 소통했다.

언어는 2차적인 것이다. 중요한 것은 눈으로 나누는 것이고 그 눈빛의 바탕은 마음이다. 그러므로 진실한 마음으로 다가가 간절한 눈빛으로 소통하면 우리는 어느 나라, 어떤 사람들과도 친구가 될 수 있다. 그리고 말이 안 통할수록 사람들은 더욱 호기심을 갖고 다가와서 도와주게 된다.

이런 얘기를 하다 보면 아무 준비 없이 가벼운 배낭 하나 달랑 메고 저 낯선 나라로 떠나고 싶어진다. 그곳에서 말이 통하지 않는 사람들과 눈으로 대화를 나누고 그림을 그려가면서 낄낄거리고 싶어진다. 서로 몰라야 호기심도 생기고 더 재미있는 법이다.

음식과 언어는 생활의 기본이다. 음식을 통해서 우리 몸이 유지되고 언어를 통해서 우리의 정신이 형성된다. 그런데 세상을 여행한다는 것은 우리 안에서 당연하게 여기던 기본적인 것을 떠난다는 얘기고, 거기서 우리는 신선한 충격을 받으며 자신이 집착하던 맛과 언어를 넘어선 다른 세계를 온몸으로 체험하게 된다. 나의 세계가 끝없이 확장되는 기쁨!

세상의 음식을 즐기고 수많은 언어를 접하며 조금씩 알아가는 기쁨을 알게 된다면 사는 동안 지루할 새가 없을 것이다.

구도의 길을 가는
여행자

세상에는 멋진 여행자들이 많다. 모험을 즐기는 여행자도 있고 지적인 여행자도 있으며, 사람과의 만남을 즐기는 행복한 여행자들도 있다. 가장 인상에 남는 여행자는 구도자 같은 여행자이다. 말이나 관념이 아니라 몸으로 행하는 구도자. 이중에서도 가장 인상적인 사람은 예루살렘에서 만난 영국 여행자였다.

예루살렘은 히브리어로 '평화의 도시'란 뜻이지만 이곳에는 늘 긴장과 갈등이 감돈다. 특히 유태인의 성지인 통곡의 벽, 기독교도의 성지인 골고다 언덕 그리고 이슬람교도의 성지인 알 아크사(Al Aqsa) 사원 등이 있는 구시가지는 더욱 그렇다. 그곳은 자동소총을 든 이스라엘 군인과 관광객, 현지의 모슬렘 상인들이 어우러진 매우 복잡한 곳이다. 나는 이 거리의 어느 허름한 숙소에 묵었는데 첫날 저녁부터 카레 냄새가 진하게 풍겼다. 다음 날 저녁에도 그 냄새가 풍겨 슬쩍 식당으로 가보니 사람들이 자유롭게 커다란 양동이에 담긴 카레를 떠먹고 있었다. 나중에 알고 보니 웬 영국 여행자가 누구나 먹을 수 있게 저녁마다 카레를 만드는 것이었다. 그는 오렌지색 승복을 입은 스님이었다. 30대 초반의 그는 태국에서 계를 받은 후 몇 년간 수행 생활을 하다가 속세로 돌아와 여행을 하고 있다고 했다.

내가 궁금했던 것은 그의 신상 못지않게 돈이었다. 속인인 나야 잠시 돌아가서 여비를 번다고 하지만, 스님의 복장으로 무슨 일을

해서 돈을 벌며 또 무슨 돈으로 매일 카레를 만들어 사람들에게
주는 걸까?

그 의문이 풀린 것은 다음 날 오전이었다. 통곡의 벽을 보려고 구
시가지 성벽을 걷다가 우연히 성벽 밑에 앉아 좌선 중인 그를 보
았다. 이글이글 타오르는 태양 아래서 상인들의 바쁜 발걸음과 여
행자들의 호기심 어린 시선, 그리고 이스라엘 군인들의 싸늘한 눈
초리를 받아가며 그는 눈을 감고 허리를 곧추세운 채 명상을 하고
있었다.

유태교와 기독교, 이슬람교의 성지에서 좌선을 하고 있는 영국 출
신의 스님이라……. 그의 앞에 놓인 거적에는 몇 푼의 돈이 떨어
져 있었는데 그는 그렇게 모은 돈으로 카레를 만들었던 것이다.
나는 그 성스러운 모습 앞에서 사진을 찍을 엄두도 내지 못한 채
떨리는 가슴을 진정시키며 그를 바라보았다.

그날 저녁 그와 이런저런 얘기를 나누었다. 그는 당분간 세상을
이리저리 떠돌 생각이라 했다. 그리고 어느 한 종교에 속해 있기
보다는 한 인간으로서 곳곳을 여행하며 진리를 찾고 싶다고 했다.
그는 세상에 미련이 없어 보였다. 다만 진리를 향하는 그 마음만
가슴에 안고 세상이라는 강물 속으로 몸을 던진 것처럼 보였다.

며칠 후 그는 버스비만 달랑 들고 조그만 가방을 멘 채 다른 도시
로 떠났다. 그 찬란한 뒷모습을 보며 나는 그가 몹시 부러웠다. 나

역시 한때 부모 형제도 다 버리고 구도자처럼 떠돌고 싶은 꿈이
있었기에 지금도 그가 한없이 부럽다.

느리게, 느리게 걸어봐

첫 유럽 여행 때다. 물가는 비싼 데다 한 달짜리 유레일패스를 기간 안에 쓰자니 마음이 급했다. 베를린, 암스테르담, 뮌헨, 하이델 베르크, 파리, 그리고 수많은 도시를 거쳐 스페인의 몇몇 도시와 포르투갈의 리스본, 유라시아 대륙의 끝인 로카 곶까지 갔다가 다시 이탈리아로 내려왔다. 한 달 동안 10여 개의 도시를 돌다 보니 이건 여행이라기보다 무슨 경주 같았다. 그래도 나는 좋았다.

"와, 내가 이 많은 나라를 다녔구나!"

여권에 스탬프가 하나씩 찍힐 때마다 뿌듯했고 내 자신이 대견했다. 지도를 보며 정확히 길을 찾아갔고 시간 손실 없이 작전을 수행했기에 가능한 일이었다.

그러나 물의 도시 베니스에 도착하는 순간 방향을 잃었다. 수많은 섬으로 이루어진 도시의 길 사이사이에 난 수로와 골목길은 이리 나가도 비슷했고, 저리 가보아도 비슷했다. 바로 앞에 빤히 보이는 수로 건너편도 다리를 이용해 걸어가려면 1시간도 넘게 걸렸다. 그럴 때는 배를 이용해야 하는데 배 역시 운행 노선과 시간을 잘 모르니 어리둥절할 수밖에 없었다.

내가 어디로 가는지, 어디에 있는지 도무지 종잡을 수 없는 상황에서 처음에는 당황스럽고 짜증이 났다. 그러나 내 마음대로 안 되는 상황을 인정하자 묘하게도 마음이 편해졌고 베니스의 또 다른 매력이 천천히 다가왔다. 산마르코 성당이나 광장, 두칼레 궁전, 탄식의 다리 등 볼거리는 따로 있었지만 미로 같은 골목길, 수로길을 헤매며 돌고 도는 시간들이 더 좋아지기 시작했다.

베니스에는 중심이 없었다. 중심이 없다는 것은 주변이 없다는 얘기고 어디나 중심이 된다는 얘기다. 그런 도시에서 헤매는 나 또한 중심이 사라지는 것 같았다. 미로 속에 빠져 어디에 있고, 어디를 향해 가는지 잘 모르는 상황에서 바라본 세상은 달랐다.

위치를 상실한 장소에서 나의 의지와 욕망을 내려놓자 사소한 것들이 달려들기 시작했다. 따스한 햇살이 얼굴을 쓰다듬고 파란 물결은 가슴속에서 출렁거렸으며 물결에 부딪치는 하얀 햇살의 입자는 눈앞에서 아름답게 빛났다. 곤돌라 뱃사공의 노랫소리는 다른 세상에서 날아온 화살처럼 내 가슴에 꽂혔고 배 안에서 뜨거운 키스를 하는 청춘 남녀는 아름다운 조각처럼 보였다. 그 우연한 풍경들을 통해 나는 여행의 또 다른 기쁨을 발견했다.

급한 마음을 정리하고 아주 느린 여행을 하기로 했다. 그러자 깊고 깊은 평화가 내 가슴속으로 밀려들었다. 나는 오랜만에 느긋하게 휴식을 취했다.

밤이 되니 마침 가면무도회 기간이라 축제가 열렸다. 사람들은 가면을 쓴 채 자신을 잊고 춤을 추었다. 그 밤거리에서 물 냄새와 어둠의 냄새에 취한 나는 다른 세상을 거니는 것처럼 돌아다녔다. 그때 하얀 궁둥이가 눈앞에 어른거렸다.

'이건 뭐야?'

웬 사내가 자신의 바지 뒷부분을 오려서 엉덩이 살만 볼록 튀어나
오게 한 채 걷고 있었다. 여자들은 그걸 보고 킥킥거리며 웃었고,
나 역시 기가 막혀 우스꽝스러운 그의 궁둥이를 장난삼아 쫓아다
녔다. 하얀 볼기짝은 스스로 빛나는 존재가 되어 밤의 어둠 속에
서 반짝반짝 빛났다.

모든 사물과 순간은 문득 자신만의 생명을 가진 것처럼 스스로 빛
났고 나 역시 오로지 존재 자체만으로 빛났다. 잠시 속도를 줄이
고 느리게 가자 숨죽이고 있던 것들이 생명을 띠면서 나에게 말을
걸어왔다. 급하게 여행했다면 결코 맛보지 못할 기쁨들이 베니스
의 거리 곳곳에 널려 있었다.

나를 감동시킨 베네스의 풍경들 ⓒ김선경

소년의 눈빛

당신은 신을 믿는가?

나는 글을 쓸 때나 말을 할 때 신이나 하늘이란 단어를 종종 쓴
다. 그것은 종교적인 의미가 아니라 유한한 존재인 인간으로서
무한과 절대에 대한 이미지로 쓸 뿐이다. 신이 역사 속에 개입하
는지 안하는지 나는 알 수가 없다. 그러나 나는 사람들의 눈빛 속
에서 악마도 보고 신도 본다. 증오, 살기를 띤 눈을 보면 분명히
악의 기운이 있음을 느끼고, 선한 눈을 보면 나는 하늘의 기운을
느낀다. 그리고 아프리카에서 지금까지도 내 마음을 떨리게 하는
눈빛을 보았다.

탄자니아 세렝게티 대초원의 지평선은 세상의 끝처럼 보였다. 차를 타고 달리고 또 달려도 지평선은 저만치서 세상을 두르고 있었다. 그 무한 속에 깃든 유한의 공간을 달리다 보면 역사의 처음을 향해 시간 여행을 하는 것 같았다. 그리고 가없는 세상에서 목숨을 내걸고 먹고 먹히며 살아가는 수많은 얼룩말과 누 떼, 가젤과 임팔라, 치타와 사자들을 보며 나는 겸허해졌다. 또한 대초원에서 늠름하게 살아가는 마사이족을 보면 경외스러운 느낌마저 들었다. 물론 대도시에 나와 사는 초라한 마사이족도 보았지만 사자도 무서워하지 않는 마사이족은 여전히 대초원에서 살아가고 있었다.

멋진 아프리카의 이미지와는 달리 현실은 빈곤하고 척박했다. 일부 대도시를 빼고 대부분 물과 기근에 시달렸다. 내가 여행한 동부 아프리카도 사정은 비슷했다. 케냐의 수도 나이로비 정도만 빼고 탄자니아, 우간다, 르완다 등이 모두 낙후했고 지방으로 나가면 먹을 것도 풍부하지 않았다. 〈동물의 왕국〉에서 본 대초원의 낭만적인 이미지는 케냐나 탄자니아 국립공원의 일부에만 남아 있었다.

그렇다고 아프리카에서 절망과 그늘만 본 것은 아니다. 순박한 사람들의 따스한 인심, 길거리에서 거리낌 없이 춤을 추는 낙천성, 그리고 살아보고자 하는 열의와 의지도 있었으며 미래에 대한 꿈과 희망도 있었다. 세렝게티 사파리를 하는 도중 탄자니아의 어느 마을에서 만난 아이들도 마찬가지였다. 그들의 저녁 식사는 빈곤했다. 옥수수와 밀을 섞어 만든 우갈리를 겨우 먹으면서도 레게 음악을 틀어놓고 마당에서 춤을 추며 노래했다.

"이봐요, 밥 말리의 가사를 들어보세요. 그는 늘 아이들의 희망을 얘기하고 있어요."

10대 후반의 그들은 그렇게 낙천적으로 살면서도 나중에 기회가 된다면 외국에 나가서 공부하고 싶다는 얘기도 했다. 레게는 아프리카 어딜 가나 인기를 끌었다. 케냐의 수도 나이로비에서는 레게 페스티벌이 열려 젊은이들이 몰려들어 춤을 추었고, 탄자니아의 수도 다르에스살람(Dar es Salaam)에서는 저녁이 되면 골목길을 막아놓고 청년들이 음악에 맞춰 춤을 추었다. 나는 그런 아프리카 대륙을 여행하며 때로는 웃고, 때로는 그들의 가난에 한숨도 내쉬었다.

케냐 북부에 있는 오지 중의 오지인 투르카나 호수에 갔다가 나이로비로 돌아오던 길이었다. 그곳은 한낮의 체감온도가 50도나 되는 사막이었고, 땀이 나오자마자 증발되는 곳이었다. 거기에서 나는 기진맥진했다. 더욱이 내가 탄 미니버스는 비좁았고 가끔 짐을 실은 사람이 곁에 앉으면 궁둥이를 놓기도 불편했다. 버스는 사람이 다 채워져야 떠나므로 한없이 기다릴 때도 많았으며 그런 버스를 타고 여행하다 보니 식사 시간을 놓치기 일쑤였다. 그나마 음식도 좋지 않았다.

나이로비로 돌아오던 미니버스 안에서 나는 거의 탈진해 이마를 앞 의자에 기대었다. 머리도 아프고 허기도 지고 날씨도 더웠다. 그때 누군가 나를 쳤다. 힘겹게 고개를 들어보니 코카콜라 병을 들고 다니며 파는 아이였다.

"헤이, 미스터! 콜라 콜라!"

미지근한 콜라였지만 빈속인 터라 그거라도 마시기로 했다. 간신히 콜라를 마시고 나니 저만치 서 있던 소년이 다가와 콜라병을 회수하면서 영어와 불어를 섞어 쉰 소리로 나지막하게 말했다.

"헬로, 미스터! 굿 럭, 봉 보야쥐(아저씨, 행운이 있기를, 여행 잘하세요)!"

나는 힘없는 미소를 지으며 소년을 물끄러미 바라보다 갑자기 넋을 잃었다. 소년의 눈빛 때문이었다. 호수처럼 깊고 큰 소년의 눈은 뭐랄까…… 성인(聖人) 같았다. 나를 바라보는 소년의 눈에는 안됐다는 듯 애처로워하는 마음이 가득 담겨 있었다. 그 눈빛이 어찌나 그윽하고 절실한지 정신이 번쩍 들 정도였다. 짧은 시간에 눈을 마주친 소년은 코카콜라 병을 받아 들고 허름한 가게 쪽으로 걸어갔다.

소년은 맨발이었고 삐쩍 말라 있었다. 몇 살이나 되었을까? 몸집만 보면 10대 초반 같지만 음성이나 눈빛으로 보아 10대 후반이었는지도 모른다. 소년은 가겟집 구석에 우두커니 서서 계속 나를 지켜보았다. 축 늘어진 내가 그의 눈에는 불쌍하게 보였나보다. 이윽고 버스가 떠날 때 내가 손을 흔들자 소년도 손을 들어 답했다. 소년은 웃지 않았다. 그저 측은하게 나를 바라보기만 했다. 소년 같지 않고 세상 풍파 다 겪은 노인 같았다.

창밖에서 불어오는 초원의 바람을 맞으며 막막한 아스팔트길을 달리는데 소년의 눈빛이 내내 떠올랐다. 그리고 갑자기 가슴이 뭉클해지면서 묘한 생각이 들었다.

'그 소년의 눈빛은 신의 눈빛이 아니었을까?'

지금 이 글을 쓰는 순간에도 소년의 선한 눈빛이 떠올라 마음이 숙연해진다. 나는 아프리카에서 마주친 그 소년의 눈에서 신의 눈빛을 보았다고 믿고 있다.

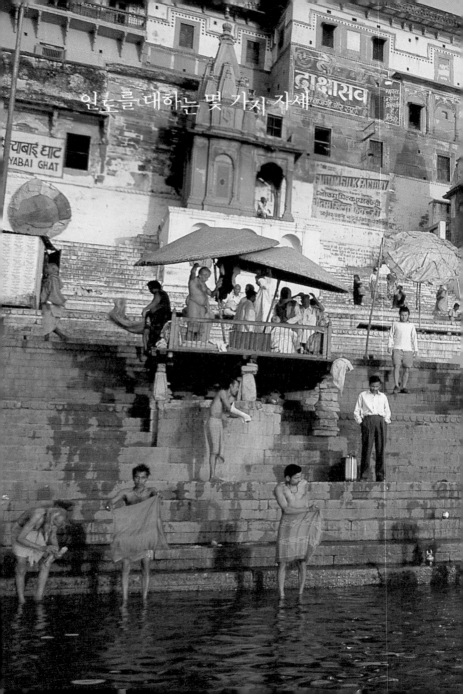

인도를 대하는 몇 가지 자세

인도를 여행하고 난 후든 가기 전이든 인도에 대한 평은 극단을 오간다. 신비의 나라, 명상의 나라, 가난해도 행복한 나라, 새롭게 부상하고 있는 경제 대국 등 환상적일 만큼 긍정적인 평에서부터 거지가 많은 나라, 더러운 나라, 온갖 모순이 깃든 나라, 그걸 고칠 만한 능력도 없는 나라 등 극단적인 부정의 평까지 나오는 나라가 인도다.

나는 인도를 매우 좋아한다. 그래서 인도를 여섯 차례 다녀왔고 약 1년 반을 인도에서 보냈다. 하지만 이 정도의 기간은 이제 아무것도 아닐 만큼 인도에 푹 빠진 인도 마니아들이 많아졌다. 나는 인도를 늘 그리며 사랑했지만 함몰되고 싶지 않아 다른 세상으로 발을 넓혔다.

그러나 여전히 인도는 내 마음의 고향이다. 인도가 편하고 환상적이라서 그런 게 아니다. 그곳에 가면 여전히 힘들고 짜증 나는 일이 많이 기다린다. 또 깨달음을 편의점에서 물건 사듯이 쉽게 얻거나 그것이 망고 열매처럼 어딜 가나 툭툭 떨어지는 것도 아니다.

인도에서 내 가슴을 치는 것은 사람들의 삶이다. 그 삶의 열기에 감동받고 눈물 흘리며, 때론 화도 내고 분노도 한다. 그네들의 삶을 보고 있노라면 나도 모르게 편한 세상에서 낀 정신의 기름기가 쭉 빠진다. 그 순간이 내게는 너무도 소중하다. 또 인도에는 인류 역사에서 생성된 것들이 유일신 종교나 산업화에 의해 소멸되지 않고 그대로 남아 있다. 수많은 지층으로 이루어진 혼돈과도 같은 땅. 그곳을 걷다 보면 세상에 대해 자꾸 생각하게 된다. 자기 성찰과 세상에 대한 사유가 나를 자꾸 인도로 이끄는 것이다.

그런데 가끔 사람들이 인터넷 카페나 오프라인에서 서로 다른 인도에 대해 논하는 것을 본다.

"영적 기운으로 가득 찬 인도. 나는 그곳에서 생과 사의 비밀을 엿보았다."

"당신이 본 인도는 환상입니다. 얼마나 많은 사람들이 현실 속에서 고통스럽게 살아가는지 압니까?"

"나는 인도 사람이 좋다. 욕망을 체념한 채 살아가는 선량한 사람들⋯⋯."

"나는 인도놈들이 싫다. 위선적이며 얼마나 끈적거리고 야비하게 여행자들을 등쳐 먹는지⋯⋯."

긍정적이든 부정적이든 대부분 수긍이 가는 이야기들이다. 그 코끼리 같은 나라에 오죽 얘기들이 많겠는가. 내가 본 인도 역시 코끼리의 일부분이며, 결국 우리 눈에 보이는 것은 자신의 주관이 가미된 자기만의 환상일지도 모른다.

그러니 인도에 대해 말할 때는 자신의 처지와 상태를 먼저 돌아보아야 한다. 이를테면 내가 인도에 일하러 갔는지, 여행하러 갔는지 먼저 생각해볼 수 있다. 일하러 갔다면 짜증 나는 현실이 보일 것

여행이란 게 원래 그렇다. 여행 자체보다도
여행하고 돌아오는 그 과정에서 얻는 자기 성찰과
각성이 중요하다. 여행지에 대한 옳고그름을 따지기보다
'왜 내가 그렇게 보고 있는가' 라는 자신에 대한
깊은 생각이 삶이라는 여행길에 도움이 되지 않을까?

이다. 아니면 기회가 보일 수도 있다. 반면 여행하러 갔다면 현실
보다는 낭만적인 기분에 젖을 것이다. 여행자들의 시선은 처음부
터 다르다. 자기가 목적으로 한 그 틀 안에서 인도를 접하게 된다.
인도에서 오래 살았는지, 아니면 여행자로서 스쳐 지나갔는지도
한번 고려해볼 만하다. 오래 머문 사람들은 인도의 현실에 대해 깊
이 안다. 반면 잠시 떠나온 여행자들은 작심하고 현실을 외면하며
슬쩍 한쪽 눈을 감고 인도를 바라본다. 현지를 잘 아는 이들의 눈
에는 이런 여행자들의 이야기가 한심하게 들릴 것이다. 인도를 부
정적으로 얘기해도 '그게 아냐, 임마' 하는 생각이 들 수도 있고,
너무 긍정적으로 얘기해도 '그것도 아냐, 임마' 하는 생각이 들 수
도 있다. 당연한 현상이다. 어떤 방식으로든 여행자의 단편적인 시
선과 깊이는 현지에서 오래 머문 사람의 깊이를 따라가지 못한다.
또 다른 관점으로는 내가 인도에서 돈을 벌고 있었나, 돈을 쓰고
있었나 하는 점이다. 돈 버는 일은 어디나 힘들지 않던가? 그런

처지에서 만나는 인도인들은 엄청 머리를 굴리는 것처럼 보인다. 인도인의 상술은 보통이 아니다. 반면 돈을 쓰는 일은 즐겁다. 물론 바가지요금 때문에 옥신각신 싸우고 흥정하느라 골치 아프지만 그래도 칼자루는 돈 쓰는 사람이 쥐고 있다.

인도에서 공부한 사람들과 인도에 놀러 온 사람들의 관점도 당연히 다르다. 공부하는 학생들이 볼 때 놀러 온 사람들이 인도에 대해 말하고 생각하는 것이 얕고 무식해 보일 것이다. 그러나 마음먹고 놀러 온 여행자들은 과도한 지식과 정보를 오히려 기피하는 경향이 있다.

이렇듯 여행자들은 지식과 경험이 많이 부족하다. 하지만 여행자들에게는 낭만이란 특권이 있다. 현실에 단단히 뿌리박은 자는 쉽게 맛보지 못하는 기쁨이다. 모든 나라가 다 그럴 것이다. 아무리 인도의 현실을 잘 아는 사람이라도 아프리카나 러시아처럼 낯선 곳에 가면 그들도 스쳐 지나가는 여행자가 되어 낭만적으로 바라본다. 그게 인간의 한계다. 세상은 따로 객관적으로 존재하는 것이 아니라 각자의 주관과 시선 속에서 자기 식대로 담아올 뿐이다. 결국 우리가 어떤 상황에 처해 있든 겸손하게 자신의 의견을 말한다면 존중받을 수 있지 않을까.

다만 인도에 대한 과도한 기대나 환상은 조심할 필요가 있다. 특히 삶을 단번에 깨우치겠다는 달콤한 환상은 오히려 삶을 부실하게 만든다. 인도에 간다고 단번에 깨달음을 얻고 자기 인생이 달라지는 것은 아니다. 어디 인도뿐이랴. 여행이란 게 원래 그렇다. 여행 자체보다도 여행하고 돌아오는 그 과정에서 얻는 자기 성찰과 각성이 중요하다. 여행지에 대한 옳고 그름을 따지기보다 '왜 내가 그렇게 보고 있는가' 라는 자신에 대한 깊은 생각이 삶이라는 여행길에 도움이 되지 않을까?

인도에서 느꼈던 작은 깨달음의 기운은 영원하지 않다. 6개월을 여행하고 한국에 돌아오면 그 기운이 6개월 간다. 그 기운이 빠져나가면 다시 원래대로 일상은 굴러간다. 사람의 몸이 그렇게 만들어졌기 때문이다.

이것은 무슨 뜻인가? 삶의 진리는 인도에 있지도 않고 한국에 있지도 않으며 아프리카에도 유럽에도 중국에도 동남아에도 중남미에도 없다. 그건 땅 위에 잠시 만들어진 환상일 뿐, 결국 그곳을 여행하면서 끊임없이 사유하는 우리의 정신과 영혼만이 죽을 때까지 함께 가는 그 무엇이다.

인도에 관한 말 한마디, 글 한 줄을 상기하며 자신의 감정과 생각을 거기에 맞출 필요는 없다. 좋으면 좋은 대로 싫으면 싫은 대로 솔직하게 받아들이고, 혹은 환상이 깨지는 아픔이 있더라도 그 속에서 자신에 대한 깊은 사유야말로 진정 소중한 것이다.

혼자 남는 연습

나는 여행을 거의 혼자 다녔다.

내 마음대로 가고 먹고 쉬는 자유가 있기 때문이다.

그러나 그만큼 외로웠다.

그때마다 길동무를 사귀어 얘기를 나누었지만

항상 그럴 수는 없었다.

자유롭기에 외로움은 감수해야 하는 것.

나는 혼자 길을 걸었다.

혼자 길을 걷는다는 것은 한구석이 비었다는 것이다.

그 '빈 곳'에 수많은 사람과 생각,

느낌이 저절로 채워졌다.

외톨이가 되어봐야 더 큰 세상을 볼 수 있다.

우리는 언젠가 이 세상을 홀로 떠나며 홀로 남게 된다.

혼자 남는 연습을

나는 가끔 여행을 통해 한다.

나도 시에스타가
있었으면 좋겠다

라틴 문화권에 가면 '시에스타'라는 게 있다. 잘 알려졌듯이 오후의 일정한 시간에 전부 잠을 자는 것인데, 나는 스페인의 지중해 연안 도시 말라가(Malaga)에서 그것을 경험했다.

그곳에 간 것은 순전히 충동 때문이었다. 스페인 남부 해안에 있는 그라나다(Granada)에서 알함브라 궁전을 구경한 후 다음 날 오전에 그라나다 시내를 돌아보는데, 오전 10시가 다 되어도 시가지가 쥐 죽은 듯 조용했다. 평일인데 상점 문도 거의 닫혀 있고 행인도 드물었다. 밤늦게까지 영업을 하고 아침 늦게 일어나는 건지, 내가 사람 안 다니는 곳만 돌아다닌 것인지 도통 알 수가 없었다. 너무 적막해 난 흥미를 잃고 말았다.

그래서 충동적으로 버스터미널로 가 마침 떠나려던 말라가행 버스에 무작정 올라탔다. 사실 말라가에 대해서는 무지했다. 아는 거라곤 지중해 연안의 도시라는 정도? 갖고 다니던 가이드북에는 나와 있지도 않은 도시였다. 흐린 날씨는 차차 맑아졌고 청명한 하늘에서 해가 이글거렸다. 물결처럼 굽이치는 녹색 벌판이 끝없이 펼쳐졌고 벌판 자락에는 피레네 산맥이 하늘을 토막 내듯 버티고 서서 버스를 노려보았다. 그라나다에서 말라가까지는 2시간밖에 걸리지 않았다. 한숨 잘까 하고 몸을 뒤척이다 보니 벌써 말라가 시내였다. 차창 밖으로 야자나무가 길게 이어진 풍경이 보였다. 스페인에 와서 처음 보는 남국의 풍경이었다.

버스터미널 근처의 식당에서 빵과 맥주로 요기를 한 후 시내 중심지에 있는 인포메이션 센터로 갔다. 또 문이 닫혀 있었다. 근무 시간은 9시에서 2시. 시계를 보니 2시 30분. 나 참, 이렇게 일찍 닫는 인포메이션 센터는 뭐란 말인가, 평일인데.

잠시 멍청하게 서 있다가 거리를 걸었다. 말라가는 한가로웠으며 깨끗했다. 마드리드나 그라나다보다 더 마음에 들었다. 파란 하늘 아래에 열을 지어 있는 녹색의 야자나무를 보니 마음이 푸근해졌다. 그런데 길이 너무도 조용했다. 상점은 모두 문을 닫았고 인적도 드물었다.

그런 길을 걷다가 우연히 동양인을 만났다. 20대 중반의 일본인 학생이었다. 반가워서 말을 걸어보니 그는 스페인어를 공부하기 위해 3개월째 말라가에 머문다고 했다.

"왜 이렇게 거리가 조용하지요? 오늘이 무슨 국경일인가요?"

"하하. 시에스타입니다. 스페인은 1시부터 4시까지 낮잠을 자요."

"그런데 여름도 아니고 시원한 겨울에 무슨 시에스타지요?"

"이 사람들 전통이니까요. 하하."

"말라가에 볼 만한 데 없어요?"

"알카사바란 곳에 가보세요. 괜찮은 성벽이 있어요."

"무슨 성벽이죠?"

"그냥 성벽이에요. 저도 잘 몰라요. 영어가 짧아서……."

그가 가르쳐준 길을 따라가니 바다를 앞에 둔 성벽이 나왔다. 궁전과 정원이 있는 것으로 보아 무어 왕국 시절에 세워진 성벽 같았다. 역사는 아무래도 좋았다. 나는 성벽에 걸터앉아 아래를 내려다보았다. 바닷바람이 싱그러웠다. 소녀가 성벽 아래 길에서 깡깡이걸음로 뛰어갔고 소년들은 자전거를 타고 야자나무 길을 지나갔다. 날씨가 청명해서인지 파란 항구에 정박한 배들이 바로 앞에서 보는 것처럼 또렷했다.

말라가는 밤에도 투명했다. 어둠 속에서도 모든 사물이 선명하게 보였다. 길은 넓었고 보도를 걷는 사람들은 한가로웠다. 바쁘게 다니던 유럽의 어느 도시에서도 맛보지 못한 한가로움이 곳곳에 배어 있었다.

계획도 없이 찾아온 이 도시가 좋아져 나는 하루를 더 머물기로 했다. 무얼 보기보다는 이 도시를 어슬렁거리고 싶었다. 오후의 골목길은 어제처럼 여전히 적막 속에 휩싸여 있었다. 그 거리를 걷는 이들은 관광객이었고 그나마 많지도 않았다. 인적이 뚝 끊긴 거리를 거닐다 계단에 앉아 쉬기로 했다.

처음 보는 시에스타의 풍경이었다. 이탈리아에도 시에스타가 있던가? 잘 모르겠다. 박물관 등은 점심시간 무렵에 긴 휴식 시간이 있는 것으로 보아 시에스타가 있는 것도 같다. 하지만 워낙 관광객이 많고 그들을 상대로 하는 가게들이 많아 여행자로서는 특별히 그것을 느끼지 못했다.

그런데 이곳은 흘러가던 시간이 뚝 끊어진 것처럼 모든 게 정지했다. 공간은 여백으로 남았고 텅 빈 골목길에서 시간은 맴돌았다. 지나온 여행의 추억들과 먼 과거의 일들이 떠오르며 잠시 몽롱한 기운 속으로 침몰하는 순간, 문득 시에스타는 집단적 명상의 순간이며 브레이크 타임(Break Time)이란 생각이 들었다. 저마다 열심히 살다가 다 함께 '시작!' 하면, 모든 것을 잊고 잠들어버리는 동화 같은 세상.

그런데 얼마 전 스페인에서 시에스타를 없앤다는 소식을 들었다. 이제 하얀 여백 속에서 꼬리를 물고 맴돌던 시간들, 그때의 추억들은 이제 내 안에서만 아련히 존재할 뿐이다.

우리나라에서도 이런 시에스타를 실시한다면 어떨까? 일하다 말고 한낮에 3시간 정도 쉬고 수다 떠는 시간이 있다면……. 설령 그것이 불가능한 상상이라도, 가끔 난 그런 삶을 꿈꾼다.

가슴으로 만나는
세상을 그리며

우리가 사는 지구에는 수많은 경계선이 있다. 그중에서 종교의 경계선이 제일 넘기가 힘들다.

인도에는 수많은 힌두교 신상이 신전에 모셔져 있고, 신도들은 그 앞에서 향을 피우고 경건하게 기도한다. 그 땅을 여행하며 그런 분위기에 익숙하다가 인도 북부의 카슈미르(Kashmir) 지방의 주도 스리나가르(Srinagar)에 간 적이 있었다. 이곳은 인도 땅이면서도 이슬람교도와 힌두교 군인들 간에 내전이 일어나고 있었다. 가자마자 총성이 울리고 종종 자살 폭탄 테러 소식이 들려왔다. 길에서 만난 이슬람교도는 분노에 차서 이렇게 외쳤다.

"우리는 저 힌두교도들을 용서할 수 없어요. 우상을 숭배하는 다신교를 믿는 우매한 것들이지요. 코끼리 머리를 한 신에게 절을 하지 않나…… 신은 알라 한 분뿐입니다."

그런가 하면 예전에 만났던 힌두교도는 이렇게 얘기했다.

"다 형상입니다. 우리 마음속에 있는 것들을 형상화한 것이 신이지요. 우리는 저 돌덩어리에 기도하는 게 아니라 그 마음에 기도하는 겁니다."

반면 이슬람교를 믿는 땅을 여행하다가 이스라엘로 넘어가면 유태인을 만난다. 같은 유일신을 믿고 근본도 같지만 여호와를 믿는 유태인들은 알라신을 믿는 아랍인들과 원수가 된다. 또 여기에 정치적인 갈등까지 가미되어 그 증오는 이루 말할 수가 없다.

그러다 예루살렘에 오면 유태교, 기독교, 이슬람교의 성지가 함께 있다. 그들은 그곳에서 서로를 증오한다. 같은 여호와를 믿지만 유태교도는 그토록 자신들을 핍박한 유럽의 기독교도를 결코 잊지 못하고 그들의 교리를 인정하지 않는다. 예수님은 단지 선지자일 뿐, 기독교도가 생각하는 것처럼 하나님의 아들이 아니다. 이슬람교도 역시 예수님은 선지자일 뿐이고, 마호메트가 마지막 예언자며 모든 것을 이루었다고 믿는다. 그리고 '우상을 숭배하지 말라'는 교리를 따르는 이슬람교도에게는 기독교의 십자가상도 우상일 뿐이다.

여행자였던 나는 종교의 교리보다도 이와 같은 '다름'이 관찰의 대상이었다. 모두 자기가 옳다고 주장하고 자신들이 살고 있는 땅이 세계의 중심이라고 생각한다(그 나라에서 파는 세계지도를 보면 금방 알 수 있다).

인간이란 원래 그런 것이다. 하늘의 얘기를 하지만 구체적인 각론으로 들어가면 다 자기들 얘기만 한다. 결국 인간은 땅과 세월의 영향을 받을 수밖에 없고 같은 종교에서도 교리는 세월 따라 변하고 분화를 거듭한다.

그런데 근본주의자들은 결코 타 종교를 인정하지 않는다. 특히 사막에서 피어난 종교는 전투적이다.

이집트의 사막에 간 적이 있다. 척박했다. 그런 곳에서는 유일신

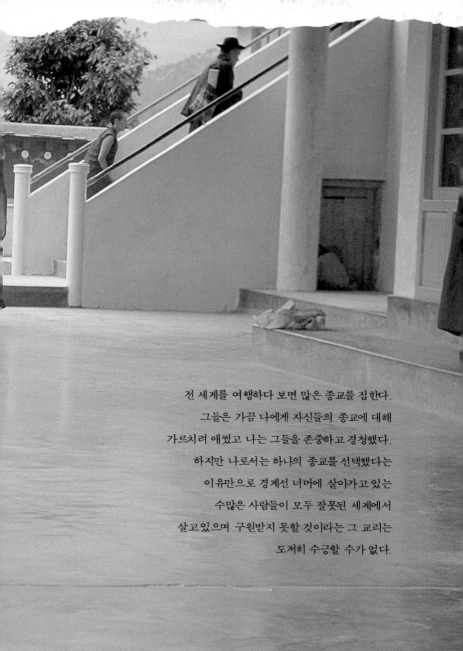

전 세계를 여행하다 보면 많은 종교를 접한다.
그들은 가끔 나에게 자신들의 종교에 대해
가르치려 애썼고 나는 그들을 존중하고 경청했다.
하지만 나로서는 하나의 종교를 선택했다는
이유만으로 경계선 너머에 살아가고 있는
수많은 사람들이 모두 잘못된 세계에서
살고있으며 구원받지 못할 것이라는 그 교리는
도저히 수긍할 수가 없다.

이 절실하게 다가왔다. 사방을 둘러보아도 지평선밖에 없는 사막에서 길을 잃을 것 같은 두려움이 몰려왔다. 그때 나를 인도하는 절대자에 대한 경외심이 피부에 와 닿았다. 그때 바른길로 이끄는 목자가 존경스러워 보였다.

유태교, 기독교, 이슬람교가 다 이런 사막 지방을 배경으로 탄생했고 그들끼리 피를 흘리며 격렬하게 싸워왔다. 타 종교의 선지자를 인정하면 너도 옳고 나도 옳은 것이 아니라 네가 옳으면 내가 거짓이 되는 그런 상황인 것이다.

예수님이 하나님의 아들이라면 마호메트는 아무것도 아니게 된다. 마호메트의 말이 옳다면 예수님은 하나님의 아들이 아니게 된다. 또 예수님이 하나님의 아들이라면 아직 메시아가 오지 않았다고 믿는 유태교는 어리석은 종교가 되고, 유태교처럼 예수님은 그저 선지자 중 하나일 뿐이라고 생각하면 기독교는 존립 근거가 없게 된다. 그러니 서로 사랑과 용서를 외치지만 교리의 근본만큼은 양보할 수가 없다. 여기서 파생된 그들의 문화는 사람을 지배하고 사랑과 용서와는 거리가 먼 전쟁이 역사 속에서 이어져왔다.

한 종교가 모두를 지배하는 땅에서는 괜찮겠지만 종교가 서로 다른 이들이 접경을 이루고 있을 때는 극렬한 싸움이 일어난다. 자신들의 종교를 강요하지 않으며 나무 아래에 조용히 앉아 명상하는 힌두교도조차도 이슬람교도가 자신들의 사원을 때려 부순 사실에 대해 분노하며 그 복수로 이슬람교 사원을 부수기도 한다.

전 세계를 여행하다 보면 많은 종교를 접한다. 그들은 가끔 나에게 자신들의 종교에 대해 가르치려 애썼고 나는 그들을 존중하고 경청했다. 하지만 나로서는 하나의 종교를 선택했다는 이유만으로 경계선 너머에 살아가고 있는 수많은 사람이 전부 잘못된 세계에서 살고 있으며 구원받지 못할 것이라는 그 교리는 도저히 수긍할 수가 없다.

종교는 아름답지만 무섭기도 하다. 관용과 포용을 자랑하는 힌두교조차도 접경지대에서는 광기를 띠고, 같은 이슬람교라도 시아파와 수니파는 원수 대하듯이 서로를 죽인다. 기독교 역시 가톨릭과 개신교가 한때 처절한 전쟁을 벌였고 타 종교를 핍박했다.

아무리 생각해도 종교는 아름다운 꽃과 가시를 함께 갖고 있다. 그 꽃이 아름다워서 매혹되다가도 가끔은 가시가 두려워진다. 신영복 선생이 '머리부터 가슴까지' 오는 데 한평생 걸렸다고 했는데, 머리가 아닌 가슴으로 만나는 세상은 과연 언제쯤 올까.

사막의 로망

도시에 사는 우리들은 지평선이란 것을 잘 모른다. 눈앞의 빌딩만 보면서 살면 의식도 빌딩처럼 변한다. 반면 끝없이 펼쳐진 초원이나 사막의 지평선, 그 앞에 서면 우리의 의식과 상상력도 무한히 확장된다. 그래서 나는 도시에 살면서 홀린 듯이 사막을 그리워할 때가 많다.

내가 제일 처음 본 사막은 중국 서역 지방의 둔황 근처에 있는 명사산이었다. 명사산을 가기 위해서는 시안에서 기차를 타고 고비 사막을 헤쳐나가야 한다. 당승 현장은 고비 사막을 가며 "길이 없다. 다만 사막을 헤매다 죽은 사람의 뼈를 보고 표적을 삼는다"라고 어려움을 토로했지만 지금은 쉽게 갈 수 있다. 고비 사막은 황량한 벌판이고 거대한 모래언덕은 볼 수 없다.

처음 명사산의 사막 앞에 섰을 때 잠시 숨이 막혔다.

"야, 사막이 이런 거로구나!"

영화에서나 봄직한 거대한 모래언덕의 칼날 능선이 하늘 중간까지 치솟았고 그것을 향해 오르는 동안 오직 내 발자국 소리만 사각사각 났다. 그렇게 모래가 울린다 하여 '명사산(鳴沙山)'이란 이름이 붙은 것이다.

모래에 푹푹 빠지며 오르는 동안 바람이 불어왔다. 싸늘한 바람에 어우러진 따스한 모래의 온기가 기분 좋았다. 능선에 올라가 앉으니 세상은 끝이 안 보였다. 지평선조차 모래 바람에 아스라했다.

바로 아래 초승달처럼 생긴 호수와 그 옆의 정자가 한 폭의 그림 같을 뿐, 모두 모래 바다였다. 그 속에서 내 의식은 끝없이 열렸고 하늘과 모래만 펼쳐진 단조로운 세계에서 나는 하늘과 땅, 그리고 영원과 현상이 펼치는 이중주곡을 귀 기울여 들었다. 바람 소리였는지도 모른다.

진짜 공포감을 느낄 정도의 사막은 이집트 북서부에 있는 시와 오아시스 근교의 리비아 사막이었다. 그곳에는 관광객도 없었다. 혼자 자전거를 타고 오아시스를 빠져나와 사막으로 갔다. 태양은 하늘 높이 떴건만 2월의 바람은 싸늘했다. 자전거를 놓아두고 사막을 향해 한 걸음씩 들어갈 때마다 바람은 모래를 타고 뱀처럼 기어왔다. 쉬리릭, 쉬리릭. 그 소리가 기분 나빴다. 모래 능선에 가까이 갈수록 능선은 예리한 면도날처럼 보였다. 능선을 타고 오른쪽 끝까지 가서 아래를 보니 100미터 정도 되는 가파른 모래 절벽이 있었고 발을 내딛으면 굴러 떨어져 모래에 파묻힐 것만 같았다. 주변을 둘러보니 저 멀리 오아시스 쪽으로 빽빽한 야자나무 숲과 양쪽으로 넓게 퍼진 호수도 보였다.

그런데 능선에서 내려와 좀 더 깊은 사막으로 들어가자 갑자기 오아시스가 사라져버렸다. 순간 엄청난 공포감이 몰려왔다.

'길을 잃으면 어쩌지?'

세찬 바람이 온몸을 강타했고 사막을 기어오는 수백, 수천 마리의 뱀처럼 모래는 내 몸을 감쌌다. 뒤를 돌아보니 내가 걸어온 발자국은 이미 모래에 뒤덮여 사라졌다.

나는 발걸음을 멈추고 제자리에 풀썩 주저앉았다. 지평선은 어딜 보나 똑같이 둥글었다. 길은 따로 없었고 내가 걸으면 길이었지만 그 모든 길이 두렵게 느껴졌다.

자유란 얼마나 두려운 것인가.

아무 곳이나 갈 수 있는 이 자유 앞에 놓여 있는 이 막막함. 수십억 년 전의 시간들이 단조로운 사막의 풍경 아래서 방향을 잃고 맴돌고 있었다. 세상에서 뚝 떨어져 나간 듯한 그 시간과 공간 속에 앉아 있는 동안 절대자와 대면하는 것 같았다. 아무도 없었다. 다만 서늘한 바람과 따스한 햇살이 나를 어루만져주었다.

도시에서 살아가는 요즘, 나는 종종 사막을 그린다. 사막에서 하루 종일 아무 말 없이 홀로 앉아서 몇 달만 보낼 수 있다면, 나는 현인이 될 텐데……. 가끔 이 축축한 육신의 피와 살을 모두 모래바람에 증발시키고 하얀 뼈로 남고 싶다. 백금보다 더 빛나는 하얀 뼈로 남으면 혹시 신의 음성이 들리지 않을까?

사막은 나에게 그런 로망으로 남아 있다.

우리는
너무 바쁘게
살았어

친구와 함께 필리핀의 보라카이에 간 적이 있다. 흔히들 '천국에 가까운 섬'이라 부르는 곳으로, 특히 섬 중앙에 있는 화이트 비치의 모래는 밀가루처럼 곱고 부드러웠다.

친구와 나는 코코넛 나무 그늘 아래에 누워 탄성을 내질렀다.

"우아, 좋다 좋아. 천국이다, 정말!"

숨 가쁜 일상에서 탈출한 친구는 좋아서 어쩔 줄을 몰라 했다.

저녁은 더욱 환상적이었다. 온 바다를 핏빛으로 물들이는 낙조 앞에서 우리는 그만 넋을 잃었다. 밤이 깊어질수록 보라카이는 더욱 흥청거렸다. 바닷가를 따라 이어진 수많은 레스토랑과 카페에서는 흥겨운 음악이 흘러나왔고 그 음악을 들으면서 우리는 맛있는 해산물 요리에 맥주를 마구 들이켰다.

"야, 이렇게 살아야 하는데…… 도대체 무슨 일이 그렇게 많은지 죽을 지경이다."

대학 교수인 친구는 공부하느라 하루 이틀 휴가 내기도 힘들다고 했다. 그렇게 살다가 건강이 상한 그를 살살 꾀어 데리고 온 여행이었다.

밤이 깊어질 무렵 친구와 함께 밤바다로 나와 코코넛 나무 아래에 누웠다. 하늘은 낮았고 수많은 별들은 손만 뻗으면 잡을 수 있을 것 같았으며, 쭉 뻗은 코코넛 나무를 타고 오르면 하늘에 다다를 것만 같았다.

우리는 팔베개를 한 채 고등학교 동창 얘기를 했다.

잘나가는 아이, 실패한 아이, 일찍 죽은 아이, 이혼한 아이, 아직도 장가 안 간 아이……. 그렇게 친구들 얘기를 하다 보니 우리가 이미 아이가 아니라, 조금만 더 있으면 하나둘 사라질 나이가 되었다는 것을 알았다.

"삶이 그리 길지 않은데 이렇게 헉헉거리며 살다가 덜컥 병이라도 걸려 허무하게 죽으면 어떡하지? 우리는 너무 바쁘게 살았어."

친구는 한숨을 내쉬었다. 친구와 고등학교 다니던 시절이 엊그제 같은데 벌써 중년이 된 것이다.

"난 이런 얘기하면서 살아본 지 참 오래되었다. 사람이 이렇게 놀면서 살아야 하는데……. 하루에 4시간만 일하고 나머지는 놀면서 살 수 없을까?"

친구가 중얼거리듯이 말했다.

"그러게. 늙는다고 더 좋은 게 기다리는 것도 아니고……."

"그래, 노세 노세 젊어서 노세인데."

"야, 그런 말 노인들 앞에서 하지 마라. 노인들 되게 기분 나빠 한다."

"왜?"

"젊어서 못 놀았으니까."

"하긴 우리 부모 세대들이 얼마나 바쁘게 살아왔냐. 살기 힘든 시대였지."

"그러니까 내 말은 늙어서 억울하지 않으려면 없는 시간도 만들
어 놀아야 한다고."

"그게 마음대로 되나."

밤바다에서 불어오는 감미로운 바람을 맞으며 우리는 잠시 쓸쓸
했다.

그런데 이 섬의 현지인들은 돈을 쓰며 뒹구는 여행자들을 부러워
하며 한국이란 나라에 가고 싶다고 했다. 그들이 살고 싶어하는
한국에서 사는 나는 종종 보라카이를 생각한다. 서로를 부러워하
는 우리들. 과연 누가 더 행복한 삶을 사는 것일까?

길 위의 불운이
비껴가기를

많은 여행자들이 여행 중에 죽음의 위험을 겪는다. 인도 바라나시 (Varanasi)에서 현지인이 준 요구르트를 마시고 정신을 잃었다가 깨어보니 친구가 실종된 대학생 얘기-그는 결국 못 찾았다-를 비롯해 함피에서 숙소에 배낭을 놓아둔 채 사라진 한국 젊은이-그는 아마도 바위산 어딘가에서 누군가에게 해를 당했을 것이다-도 있고, 스위스에서 번지 점프를 하다 사고로 죽은 사람, 동남아 트레킹을 하다가 말라리아에 걸려 허무하게 죽은 사람 등등, 여행길에서 죽음의 위험은 늘 도사리고 있다. 또한 티베트에서 고산증 때문에 뇌사 상태에 빠진 여행자도 있고, 유럽 배낭여행을 떠난 딸이 개학이 한참 지났는데도 돌아오지 않고 연락도 없다며 발을 동동 구르는 부모 얘기도 들었다.

나 역시 여행 중에 죽음의 문턱까지 갔다가 온 적이 있다. 죽음은 그리 멀리 있지 않았다. 아프리카 케냐의 나이로비에서 길을 건너다 '끼익' 하면서 지프차가 섰는데 차가 이미 내 몸에 닿아 있었다. 다행히 옷까지만. 나나 운전자나 서로 얼이 빠져 멍하니 쳐다보았는데, 만약 제대로 부딪쳤다면 나는 객사했을 것이다.

아프리카에서는 죽음의 위험을 두어 번 느꼈다. 한번은 사파리를 하기 위해 갔던 탄자니아의 아루샤(Arusha)란 곳에서였는데, 밤새도록 열이 나면서 머리가 깨질 듯 아팠다. 갑자기 사시나무 떨듯이 온몸을 덜덜 떨다가 화장실로 뛰어가 설사를 하고 구역질을 했다. 가지고 간 여행 의학 서적을 보니 말라리아 증세였다. 눈앞이 캄캄했다.

'이게 말라리아일까? 말라리아 약을 꼬박꼬박 복용했는데. 케냐에서 물렸던 그 모기 때문일까? 사파리를 그만두고 병원으로 가야 하지 않을까? 말라리아에 걸리면 이렇게 덜덜 떨다가 며칠 후 죽는다는데……'

아는 사람 하나 없는 허름한 게스트 하우스에서 온갖 공포에 시달렸다. 눈앞에 가족의 얼굴이 스쳐가고 극심한 절망감이 밀려왔다. 그날 밤 이후 다행히 상태가 호전되어 무사히 돌아왔지만 그게 말라리아든 다른 이유든 나는 극심한 공포감을 느꼈다.

또 한번은 아프리카 여행 막바지인 잔지바르(Zanzibar) 섬에서였다. 늘 뜨거운 뙤약볕 아래를 걷고 영양 상태가 부실하다 보니 발바닥 근육에 염증이 생기는 족저근막염에 걸려 걸을 수가 없었다. 잔지바르 섬에 도착해서는 더위 때문에 더 힘들었다. 통증도 더위도 억지로 참고 잠을 청했는데, 갑자기 왼쪽 등이 몹시 결리며 숨 쉬기가 힘들었다. 통증이 너무 심해 며칠 앞당겨 귀국하기로 결정한 후, 비행기를 타고 나이로비로 가기로 했다. 그런데 출발 당일 아침 상태는 더욱 나빠졌다. 숙소의 화장실에 꿇어앉아 계속 토악질을 해댔다. 머리가 핑핑 돌면서 죽을 것 같았다. 배낭을 멜 힘도 없어 택시를 불러 타고 가까스로 공항에 도착했다. 수속을 겨우 마치고 대합실 구석에 앉아 등의 통증과 구토 증세를 참으며 고개를 푹 수그리고 있었다.

'이런 게 일사병인가? 과거 서양 탐험가들이 아프리카나 동남아에 와서 이 병에 걸려 죽었다고 하더니…….'

그런데 극심한 고통 앞에서 거의 죽어가고 있던 나에게 놀라운 일이 일어났다. 비행기에 타서 시원한 에어컨 공기를 쐬자 구토 증세가 말끔히 사라진 것이다. 기내식을 주는데 그것도 잘 먹혔다. 어깨를 슬슬 돌려보는데 죽을 것 같던 통증도 전혀 느껴지지 않았다.

'어? 안 아프잖아!'

기적 같은 일이었다. 너무도 신기했다. 나이로비에 내리니 비가 추적추적 내렸고 날씨는 서늘했다. 그 서늘한 날씨 속에서 '살았다'라는 탄식이 절로 나왔다.

인도의 스리나가르에 갔을 때는 밤새도록 '두두두두' 총소리가 나서 간이 콩알만 해진 적도 있었고, 상트페테르부르크의 유스호스텔에서는 멀쩡하던 서양 젊은 여행자가 물을 잘못 마셔 하루 만에 죽은 것도 보았다. 또 러시아 여행을 마치고 귀국하려던 날 스킨헤드 두 놈이 나를 공격해서 빙판길에서 죽기 살기로 싸운 적도 있다. 내가 이겨서 다행이지 만약 죽도록 맞았다면……. 그때 얼마나 흥분했던지 나는 공항에서 복통을 일으키며 설사를 했다.

젊은 시절에는 죽음이 하나도 안 무섭더니 여행이 되풀이될수록

나는 겸허하게 마음속으로 기도한다. 길 위의 모든 불운이 나를
비껴가기를.

돌이켜보면 수많은 여행길에서 운이 나빴다면 나는 지금 이곳에
없을 것이다. 살면서 하늘에 감사하는 마음을 갖게 된다. 내가 지
금 이렇게 살아가고 있는 것은 내가 잘나고 튼튼해서가 아니라 운
이 좋았을 뿐이다. 여행을 할수록 겸손해진다. 우리 인간이 얼마
나 허약한가를 뼈저리게 느끼기 때문이다.

물고기 밥 주던 사나이

가끔 삶이 버겁게 느껴질 때면 인도에서 본 그 사내가 생각난다. 구자라트(Gujarat) 주에 있는 드와르카(Dwarka)의 바닷가, 정확히 말하면 바닷물이 내륙으로 들어온 수로 같은 강이었다. 그곳에서는 허벅지만 한 물고기들이 헤엄치고 있었는데 한 사내가 밀가루 반죽을 조금씩 떼어서 물고기에게 던지고 있었다. 그때마다 물고기들이 퍼덕 뛰어올라 먹이를 먹었다. 한국 같으면 동네 사람이고 여행자고 모두 팔 걷어붙이고 나서서 잡아먹지 않았을까?

나는 그에게 다가가 지금 뭐 하고 있는 거냐고 물었다. 영어를 전혀 모르는 듯한 그는 그냥 웃기만 하다가 다시 물고기에게 먹이를 주었다. 그의 눈은 호수처럼 깊었고 파란 하늘처럼 맑았다. 밀가루 반죽을 물고기에게 다 주자 그는 차를 파는 곳으로 가서 바다를 바라보았다.

관광객이 많지 않은 곳이었고 그때는 더 없었다. 그와 나 그리고 히피 차림의 서양 여행자 두 명만 근처를 거닐고 있었다. 30대 초반의 차 장수, 그의 앞날은 뻔해 보였다. 하루 종일 앉아서 차 몇 잔 팔고 물고기에게 밥을 주며 바다를 바라보는 것이 전부일 터. 사내의 삶은 희망 없고 지루할 만도 했지만 그의 표정은 맑고 평안해 보였다. 그는 벙어리 같았다. 거기 와서 차를 사마시는 인도인과도 손짓으로 대화했다. 그런데 내 눈길을 잡아끈 것은 그의 몸에서 우러나오는 수행자보다도 더 맑은 기운이었다. 하긴 물고기에게 밥을 주며 하루 종일 바다를 바라보는 것이야말로 수행 아니겠는가?

종종 인도가 그리운 이유는 각박한 세상에서 벗어나 삶의 여백을 발견하기 때문이다. 인도 땅 전체가, 모든 현실이 그렇지는 않지만 인도 여행 중에는 유독 그런 시간과 장소와 사람들을 자주 만나게 된다. 모든 것을 효용성과 생산성으로만 따지는 사회에서 살다 보면, 어느 날 문득 그 여백의 땅으로 가 아무 말 없이 그의 옆에 앉아 차를 팔며 물고기 밥을 주고 싶다.

그렇게 한 달, 두 달…… 1년, 2년 살아간다면 나는 어떤 사람이되어 있을까? 하루하루 바쁘게 살아가는 지금의 나보다 훨씬 더착하고 맑아지겠지. 가끔 거울에 비친 내 눈을 들여다보며 나는탄식한다.

"탁하구나."

이 탁함을 없애기 위해 나도 언젠가는 바닷가의 그 사내처럼 살아야 할 것 같다. 아무 대가도 바라지 않은 채, 남에게 드러내지 않고 조용히 생명에게 먹이를 주는 행위처럼 숭고한 것이 또 어디있을까.

내 가슴을 치는 여백의 땅, 인도 바라나시

언제,
어디서 또 만날까?

말레이시아의 서남부 해안에 있는 멜라카는 태국에서 말레이시아를 거쳐 싱가포르로 가는 여행자들이 자주 들르는 도시다. 나도 방콕에서 말레이시아의 페낭과 콸라룸푸르를 거쳐 멜라카에 갔는데 여기서 그동안 만났던 여행자들을 다시 볼 수 있었다.

"와, 여기서 또 만나는군요!"

배낭 여행자들이 많이 모이는 어느 게스트 하우스로 들어가니 영국 남자 한 명과 여자 두 명이 나를 보고 무척 반겼는데, 여기에는 그럴 만한 사정이 있었다. 그들은 모두 말레이시아 고원지대인 카메론 하이랜드(Cameron Highland)의 한 휴양지에서 나와 같은 방을 쓰던 이들이었다. 불과 며칠 전의 일이지만 그들과 함께한 시간이 주마등처럼 스쳐갔다.

영국 여자 둘을 처음 본 것은 페낭에서 타파까지 가는 버스 안에서였다. 해발 1500미터인 카메론 하이랜드까지 올라가기 위해서는 일단 타파까지 가야 했는데 그곳에 도착할 무렵 붉은 해가 서서히 지고 있었다. 말레이시아 대평원을 붉게 물들이는 해를 넋을 잃고 바라보다 문득 걱정이 되었다.

'그곳에 도착하면 해가 져 있을 텐데 어떻게 하지? 캄캄한 밤에 낯선 곳에 도착하는 것은 싫은데.'

타파에 도착하자 버스에서 내린 사람은 영국 여자 둘과 나 하나였다. 이미 어둠은 벌판에 가득 찼고 고속도로에는 차들만 씽씽 달릴 뿐이었다. 사방은 매우 적막했다. 어찌 해야 할지 몰라 컴컴한 어둠 속에서 서성거리고 있는데, 한 청년이 불쑥 나타나 돈을 내면 자기 차로 카메론 하이랜드까지 데려다 주겠다고 했다.

"당신은 어떻게 할 거예요?"

내 결정에 따르겠다는 그들의 눈빛을 보면서 나는 순간적으로 책임감을 느꼈으나 망설이지 않고 결단을 내렸다.

"우리, 시간을 삽시다!"

"네? ……그래요!"

그들은 돈보다 시간을 아끼자는 나의 단호한 결정에 기뻐했다. 별것 아니었지만 한밤중에 낯선 곳에서 자기들끼리 그 운전기사를 만났다면 망설였으리라. 카메론 하이랜드는 정글지대고 태국의 비단 산업을 일으킨 짐 톰프슨이 여행 왔다가 실종된 곳이기도 했다. 그런데 키는 작지만 웬 동양인 사내가 총대를 메니 믿음직스러웠나보다.

차는 구불구불한 산길을 한두 시간 오르고 올라 타나라타라는 마을에 도착했고 우리는 가정집처럼 따스한 분위기의 게스트 하우스에 짐을 풀었다. 이곳은 남녀 혼숙이 가능한 곳으로 깔끔했다. 한방에 침대가 다섯 개 있었는데 거기서 영국인 남자, 덴마크 남자, 나와 같이 갔던 영국 여자 둘 그리고 내가 함께 묵게 되었다. 남녀 혼숙 분위기에 익숙하지 않은 나는 처음에는 어색했지만 이 내 자연스럽고 가족적인 분위기 속으로 녹아 들어갔다. 통성명을 하고 얘기를 나누는데 직업도 갖가지였다. 영국 남자는 퀵 서비스맨, 덴마크 남자는 학생, 영국 여자 둘은 미용사라고 했다.

"퀵 서비스가 뭐하는 거예요?"

지금이야 익숙하지만 그때는 우리 사회에 없던 직업이어서 궁금했다.

"오토바이를 타고 우편물이나 짐을 나르는 거예요. 후후, 가끔 사람도 나릅니다. 돈은 많이 벌지 못하지만 오토바이 타고 휙휙 달리며 물건 전달하고, 돈 모이면 여행 떠나요. 지금 석 달째 동남아 여행 중이에요."

그들은 모두 돈보다 자유가 좋다면서 한 직장에 매어 있기보다는 일하다 홀쩍 떠나는 삶을 원하는 사람들이었다.

미용사 중의 한 명은 이런 얘기를 했다.

"제 친척 중 어떤 분은 정말 성실하게 살았어요. 은행 빚을 내서 좋은 집도 샀지요. 그 빚을 갚느라고 나이 쉰 살이 될 때까지 놀지도 못하고 알뜰하게 살았는데 그만 빚을 갚는 순간, 암에 걸렸다는 것을 알았어요. 그래서 그 치료비를 대기 위해 그 집을 팔았대요. 그런 얘길 들으니 참 허무하기도 하고, 아등바등 살아서 무엇하나라는 생각이 들더군요. 그때부터 전 틈틈이 시간을 내어 여행을 즐기고 있어요."

"맞아요. 미래란 알 수 없지요."

날씨가 더운 평원에 있다가 산악 지방으로 오니 공기가 싸늘했고 두꺼운 이불 속에서 서로의 삶을 나누는 시간이 아늑했다.

나는 그곳에서 이틀간 머문 후 떠났는데 멜라카의 게스트 하우스에서 그와 영국 여인 둘을 다시 만나니 오랜 친구를 만난 듯이 반가웠던 것이다.

이곳에서 재회한 또 다른 여행자는 꽁지머리를 한 미국인으로, 그와는 페낭에서 같은 방에 묵은 적이 있다. 뉴욕 출신으로 계산적이고 도회적으로 보여 처음에는 별로 마음이 안 당겼지만 그건 선입견에 불과했다. 잠자리에 들기 전 그가 먼저 샤워실로 들어가는데 돈이 든 전대를 풀더니 침대 위에 툭 던져놓는 게 아닌가. 사실 길을 가다가 만난 사람들이어서 게스트 하우스에서는 서로 조심하게 되는데, 나를 믿고 그런 행동을 하는 그가 멋져 보였다. 그래서 나 역시 샤워를 하러 욕실로 들어갈 때 전대를 침대 위에 턱하니 던져 놓고 들어갔다. 아, 그때의 뿌듯함이란! 사람이 사람을 믿는다는 것, 그런 친구와 잠깐이나마 만나서 함께 시간을 보낸다는 것은 기쁜 일이었다. 그런데 그를 다시 멜라카에서 우연히 만난 것이다.

"하하, 반가워요. 여행 잘 하고 있지요?"

멜라카에는 그 외에도 재미있는 여행자들이 묵고 있었는데 인기가 가장 좋았던 이들은 20대 중반의 어느 프랑스 커플이었다. 그들은 짐이 거의 없었다. 얼굴에 수염이 많이 난 산적 같은 사내는 아무것도 갖고 다니지 않았고 오직 지팡이 하나만 휘휘 휘둘렀다. 대신 그의 예쁜 여자 친구가 그의 여권과 돈을 조그만 가방에 갖고 다녔다.

프랑스 사내는 속옷도 없었고 겉옷도 반바지와 티셔츠가 전부였으며 목욕할 때 그냥 입고 문지르면 그게 빨래였다. 그들은 프랑스에서 석 달 일하면 1년 동안 동남아를 여행할 수 있고 그렇게 세 번째 여행을 한다고 했다. 그는 성질이 얼마나 급한지 체스를 두다가 자기 말이 먹히기라도 하면 얼굴이 붉으락푸르락해지다가 판을 엎기도 했다. 우린 그의 모습을 보고 깔깔거리며 웃었는데 그런 그가 전혀 밉지 않았다.

또 젊은 독일 친구는 자기 침대 옆에 온갖 물건을 다 흩뜨려 놓고 있었다.

"왜 이렇게 해요?"

"그냥 그러고 싶어서요. 독일에선 이렇게 못 사니까. 하하. 난 이렇게 살고 싶은데."

어느 날 다 함께 인도 식당에 갔는데 그 독일인이 손가락으로 밥을 주물럭거리며 먹기 시작했다. 가장 이성적인 국가라고 할 수 있는 독일에서 온 친구는 여행 중에는 그렇게 자기 멋대로 행동하고 싶다 했다.

젊고 귀여운 프랑스 여인은 늘 발랄해서 분위기를 즐겁게 했다. 그녀는 한국에서 온 나에게 관심을 가지며 이것저것 물었다.

"한국에도 눈이 오나요?"

"그럼요."

"얼마나 오는데요?"

"산간 지방에는 사람 키만큼도 와요!"

"와! 그럼 스키도 탈 수 있겠네요!"

모두들 깜짝 놀라며 환호성을 질렀다. 서양인이든 동남아 사람이든 한국에 눈이 많이 온다고 하면 놀라고 부러워했다. 그들에게 눈이 오고 스키를 타는 풍경은 선진국의 이미지와 연결이 되는 것 같았다.

"한국은 일본어를 쓰나요?"

그녀는 연신 나에게 질문을 퍼부었다.

"아뇨, 프랑스인이 영어를 안 쓰고 프랑스어를 쓰듯이, 한국은 한국어를 써요. 그리고 한글이 따로 있어요."

내친김에 나는 노트를 꺼내 들고 한글을 가르쳐주기 시작했다.

"이름이 뭐예요?"

"이사벨이요."

"자, 이사벨은 이렇게 써요. 읽어보세요."

길에서 만난 나의 사랑하는 인연들이여.

다시 만나지 못하더라도

어디에서든 잘 살아가기를……

"이, 사, 벨, 하하! 신기해요."

그들은 배우기 쉽고 읽기 쉬운 우리말에 매우 감탄했다.

우리는 낮에는 각자 구경을 했고 저녁이면 같이 식사하고 수다를 떨면서 정이 들었다. 내가 네팔에 갈지도 모른다고 하니까 네덜란드 사내는 꼼꼼히 적은 정보를 주기도 했고 자신의 경험담을 얘기해주었다. 여행자들은 그렇게 서로의 경험을 나누며 동지처럼 아꼈다.

그러나 만나면 헤어지는 법, 프랑스 커플이 떠난다고 했을 때에는 기분이 우울했다. 나만 그런 게 아니었다. 그들이 다음 날 떠난다는 소식이 전해지자 특히 독일 친구는 무척 상심하는 듯했다. 다음날 아침, 옆 침대에 프랑스 여자가 와서 인사를 하는데 독일 친구는 잠에서 덜 깬 듯이 응응 하면서도 무심하게 모른 체했다. 그녀는 조금 머쓱해하다가 나와 인사를 한 뒤 떠났다. 그들이 떠나자 게스트 하우스는 조용해졌다.

그날 시내의 백화점에서 꾀죄죄한 반바지 차림에 슬리퍼를 끌며 매장 안을 돌아다니는 독일 친구를 만났다.

"당신, 오늘 프랑스 친구들 떠나는 것 알았어요?"

"…… 알았어요."

"그런데 오늘 아침 왜 인사를 안했어요. 이사벨이 무척 서운해하던데."

그의 예상대로 나는 싱가포르의 어느 거리에서
그를 우연히 만났고, 영국인 미용사 둘도 다시 만났다.
그러나 우리는 주소를 교환하지 않았다.
우리는 그저 스쳐 지나가는
바람 같은 인연으로 남고 싶었다.

"왜냐하면…… 너무 슬펐기 때문이에요. 참 좋은 친구들이었는데 정말 그들이 보고 싶네요."

쓸쓸하게 웃는 그가 꽤나 외로워 보였다. 그는 특히 그들과 친했다. 가끔 이사벨을 어깨로 감싸면서 그녀의 남자친구를 일부러 부르면 프랑스 사내는 지팡이를 들고 쫓아오고, 그는 냅다 도망치면서 장난치고 웃었다.

그날 밤 나는 영국인 퀵 서비스맨과 커피를 마시며 두런두런 얘기를 나누었다.

"이제 어디로 가요?"

"싱가포르, 그리고 배 타고 인도네시아의 수마트라로 갈 예정이에요. 그런 다음 영국으로 돌아가려고요."

"영국에서 일하다가 다시 여행을 떠나겠지요?"

"그럼요."

"나중에 나이 들어서도 계속 이렇게 살 건가요?"

"글쎄요. 나이 들면 달라져야겠지요. 평생 이렇게 살 수 있겠어요? 하지만 아직 젊으니까, 하하. 아직 미래를 앞당겨서 걱정하고 싶지는 않아요."

"몇 살이에요?"

"스물아홉이요. 당신은?"

"동갑이에요."

나는 그보다 세 살 위였지만 대략 나보다 어린 사람을 만나면 동갑이라고 말하곤 했다.

"맞아요. 우린 미래를 걱정하기에는 너무 젊어요."

그랬다. 그 시절 우리는 미래를 걱정하기에는 너무 피가 뜨거웠다.

"지금까지 당신과 두 번 만났는데 이제 앞으로 어디서 또 만나게 될까요?"

"글쎄요. 아마 싱가포르?"

그의 예상대로 나는 싱가포르의 어느 거리에서 그를 우연히 만났고, 영국인 미용사 둘도 다시 만났다. 그러나 우리는 주소를 교환하지 않았다. 우리는 그저 스쳐 지나가는 바람 같은 인연으로 남고 싶었다. 그럴수록 내 가슴속에는 그들과의 인연이 더 진하게 남아 있다. 아마 다시 만난다 하더라도 또 그럴 것 같다. 다만, 혹시라도 어디선가 그들을 다시 만난다면 이제 중년이 넘어가는 그들을 꼭 껴안고, 잘 살아왔다고 등을 토닥거려주고 싶다.

길에서 만난 나의 사랑하는 인연들이여, 다시 만나지 못하더라도
어디에서든 잘 살아가기를…….

Would you like to
live as a traveler?

03

여행자로
살고 싶으세요?

'저는 지금 여행 중입니다.
전할 말씀이 있는 분은 1년 후에 통화합시다!'
라는 휴대폰 메시지를 남겨놓고
언제든 내 맘대로 훌쩍 떠나면서 살 수 있다면!

나는 자유

니코스 카잔차키스의 소설 『그리스인 조르바』의 주인공(작가 니코스 카잔차키스의 분신)은 아테네 근교의 피레우스 항구에서 크레타로 가는 배를 기다리고 있었다. 글쟁이였던 그는 크레타에서 광산을 개발하며 노동자나 농부의 삶을 살아보고 싶었다. 마침 부두에서 야생마 같은 60대 중반의 노인을 만난다. 조르바였다. 조르바는 광산에서 일한 경험이 있으니 자신을 크레타 섬으로 데려가달라고 했다. 주인공은 반기며 조르바에게 이렇게 말했다.

"갑시다. 크레타에는 내가 소유한 갈탄광이 있소. 당신은 거기서 인부들을 감독하면 될 겁니다. 밤이 되면 다리를 뻗고 앉아 먹고 마십시다. 내겐 계집도 새끼도 강아지도 없소. 거기서 당신은 일도 하고 산투르(악기)도 켜고……."

"기분이 내키면 켜겠지요. 내 말 듣고 있소? 당신이 바라는 만큼 일해주겠소. 거기 가면 난 당신 사람이니까. 하지만 산투르 말인데, 그건 달라요. 산투르는 짐승이오. 짐승에겐 자유가 있어야 해. 처음부터 분명히 말해두겠는데 나는 마음이 내켜야 연주를 해. 나한테 윽박지르면 그때는 끝장이오. 결국 당신은 내가 인간이라는 걸 인정해야 한다 이겁니다."

"인간이라니…… 무슨 뜻이지요?"

"자유라는 거지!"

그래, 인간은 자유지. 나는 이런 말에 취해 배낭을 멨고 몇 년 후 그리스의 크레타 섬으로 향했다. 이라클리온에 도착하니 어딜 가나 영화 〈그리스인 조르바〉의 주제곡이 흐르고 있었다. 소설 속 배경인 크레타 섬의 5월 햇살은 뜨거웠고 거리는 흥겨웠다.

니코스 카잔차키스의 일생에 영향을 준 이들은 부처, 호메로스, 베르그송, 니체, 조르바 등이었다고 한다. 그중에서도 조르바가 가장 큰 영향을 준 인물로, 그는 소설 『그리스인 조르바』의 실제 주인공이기도 하다.

실존 인물인 조르바는 욕망을 희롱하며 자유롭게 살았다. '수탉이 장부 가지고 다니면서 한답디까?' 라며 수많은 여성 편력을 자랑하는가 하면, 이런 말들도 한다.

"인간의 머리는 식료품 상점 같아요. 계속 계산합니다. 머리란 좀 상스러운 가게 주인이지요. 가진 걸 다 걸어볼 생각은 않고 꼭 예비금을 남겨두니까. 이러니 끈을 자를 수 없지요. 끈을 놓쳐버리면 머리라는 이 병신은 그만 허둥지둥합니다. 끈을 자르기란 어려워요. 그러려면 바보가 되어야 합니다."

"두목, 현실적인 목표란 세상 사람들의 눈을 속이기 위해 먼지를 피우는 일이란 말이오."

조르바는 이렇게 말하며 탄광이 망했어도 즐겁게 춤을 추었다. 생의 에너지를 남김 없이 소진하며 춤추는 것이 중요할 뿐, 현실적인 목표란 처음부터 허상임을 잘 알고 있는 그였다. 소설에서

처럼 실제로 카잔차키스는 조르바와 함께 6개월 동안 갈탄광을 운영했다. 그러다 삼촌이 준 돈을 모두 날린 후 다시 글쟁이로 돌아왔다. 반면 조르바는 계속 다른 사람들을 끌어들여 탄광 일을 했으며 과부와 결혼해 딸까지 낳고 독일로 건너갔다. 그러던 어느 날, 카잔차키스에게 전보가 날아왔다. 기가 막히게 아름다운 초록빛 보석을 발견했으니 독일로 오라는 조르바의 전보였다. '2차 세계대전의 전운이 맴도는 암울한 시대에 초록빛 보석을 보러 독일로 오라니…….' 카잔차키스는 거절했고 답장이 왔다.

"당신은 가망 없는 펜대 운전수올시다. 평생 단 한 번이라도 그 아름다운 보석을 봐야 하는데. 일이 없을 때 나는 스스로에게 이렇게 묻습니다. '지옥이 있습니까? 없습니까?' 그런데 어제 당신의 편지를 받고 나는 당신 같은 펜대 운전수에게는 지옥이 있다는 확신을 가졌습니다."

그게 마지막 편지였고 얼마 후 니코스 카잔차키스는 조르바가 세상을 떴다는 편지를 받는다. 조르바는 임종의 고통 중에도 마을 학교 교장 선생에게 그리스에 있는 친구를 죽는 순간까지 생각했고 정신이 말짱하며 자신이 한 어떤 행동에 대해서도 후회하지 않는다고 말했단다. 그리고 친구가 잘 살기를 바라지만 이제는 정신 좀 차리라는 얘기도 전해주길 바란다고 말했다고 한다. 또 자신은 별의별 짓을 다했지만 사실은 별로 한 것이 없다는 유언을 남겼다. 마지막 말은 '나 같은 사람은 천년을 살아야 하죠. 안녕히 주무세요!' 였다고 한다.

카잔차키스는 눈물을 흘리며 그 편지를 읽었고 밤새도록 조르바를 데려간 죽음에 대해 분노하다가 그를 부활시키기로 마음먹는다. 조르바는 그렇게 세상에 다시 부활했고 그의 분신은 세상으로 퍼져나갔다.

니코스 카잔차키스의 무덤은 이라클리온 시내 중심부의 언덕에 있었다. 그의 무덤은 자유분방했던 그의 정신처럼 울퉁불퉁한 자연 암석 위에 자리했고, 묘비에는 그리스어로 다음과 같이 적혀 있었다.

나는 아무것도 원하지 않는다.
나는 아무것도 두려워하지 않는다.
나는 자유.

저 말, 저 말 때문에 나는 여행을 떠났다. 앞으로의 삶을 어떻게 살 것인가 격렬하게 고민하던 20대 후반, 저 글을 보고 또 보면서 가슴앓이를 하다가 4년 후에 드디어 그 현장에 선 것이다.

그러나 착잡했다. 왜 그랬을까. 그 말의 무게에 눌렸던 것일까? 그 앞에선 내가 자꾸 초라하게 느껴졌다. 그리고 니코스 카잔차키스는 아무것도 원하지 않고, 두려워하지 않고, 자유 그 자체였을까라는 의문도 들었다.

그는 70대 중반에 세상을 떴는데 신에게 늘 10년만 더 시간을 달라고 기도했다고 한다. 할 말을 다 하고 속이 텅 빌 수 있도록. 그는 길모퉁이에 서서 지나가는 사람들에게 "적선하시오, 형제들이여! 한 사람이 나에게 15분씩만 나눠주시오"라며 손을 내밀며 구걸하고 싶다고 했다.

그 역시 원하는 게 많았고 죽음이 두려웠으며 자유롭지 않은 인간이었을 것이다. 다만 혼신의 노력을 다하는 열정으로 살았으리라 믿고 싶다. 그는 자신의 삶에 가장 큰 은혜를 베푼 것은 여행과 꿈이었다고 말했지만, 또한 자신의 글에서 자신의 핏방울들이 남긴 붉은 자취를 찾아달라고 했다. 그에게 여행과 꿈은 느긋한 낭만이 아니었다. 고뇌와 욕망 속에서 혼신의 힘을 다해 걸어가는 길이었다.

이제 조르바도 갔고 니코스 카잔차키스도 갔다. 그러나 그들의 영향을 받은 수많은 사람들이 그들 뒤를 따라가고 있다. 나 역시 '인간은 자유라는 거지!' 라는 말에 주먹을 불끈 쥐며 그들을 좇고 있다.

머리에 잠시 쓴 모자

나는 한동안 공항에서 출입국 카드를 쓸 때 직업란에 '무직' 이라고 썼다. 비참한 기분이 아니라, 날 너의 잣대로 규정하지 말란 말이야, '난 그냥 사람이다' 라는 오만한 기분으로 그랬다. 그러나 책을 많이 쓴 지금은 사회에서 '여행 작가' 라고 확실하게 분류되었고 나 또한 이를 받아들이고 있다.

하지만 나는 여행가니 여행 작가니 혹은 여행자니 하는 분류를 여전히 탐탁지 않게 여기며 그런 것에 구속받고 싶지도 않다. 나는 그냥 자유로운 '인간 이지상' 이 되고 싶을 뿐이다. 그러나 사회는 늘 분류하기를 원한다.

돌이켜보면 나는 사회가 요구하는 정체성에 대해 저항하면서도 정체성을 찾아 헤매었다. 하지만 여전히 나에게 부과된 이런 정체성은 2% 부족한 게 아니라 98% 부족하게 느껴진다. 그러니까 이런 것은 그저 햇빛이 뜨거워 머리에 잠시 쓴 모자라고나 할까.

여행가, 여행 작가, 소설가, 시인, 화가, 사진가, 정치가, 음악가, 직장인 등등 사회에는 수많은 정체성이 있다. 이외에도 묵묵히 자기 일을 하는 수많은 정체성들이 있다. 그런데 존재 그 자체가 정체성에 압도당한 것을 보면 모자에 모든 존재가 파묻힌 것처럼 보여 쓸쓸할 때가 있다.

프랑스의 사회학자 미셸 마페졸리에 의하면 정체성이란 근대성의 산물이다. 인간 중심주의, 합리주의, 기계론적인 세계관, 그 속에서 모든 것이 규격에 맞게 규정되는 사회가 인간에게 요구하는 것이 바로 정체성이란다. 즉 아이덴티티(Identity)다. 근대 사회에서 우리는 이 말을 매우 긍정적으로 써왔다.

"정체성을 찾아야지."

"정체성의 혼란이 문제입니다."

"너의 정체성은 뭐지?"

사회는 늘 사람들에게 정체성을 요구하고, 그것이 불분명한 사람들은 혼란스러워한다. 실업자나 은퇴자들이 힘들어하는 것은 경제적인 문제가 가장 크겠지만, 내적으로 몰락하는 이유 중 하나는 바로 정체성의 불명확성에서 오는 상실감이다. 돈이 없어 굶어 죽기 전에 우울증이나 정신병이 먼저 들어 죽는다. 뭐라도 해야지, 어디 가서 내가 누구라고 말할 정도의 뭔가를 해야지 하면서 정체성 없는 존재로 살아가는 것을 몹시 두려워한다. IMF 때 실직한 가장이 양복까지 차려입고 출근한 후 하루 종일 방황하다 저녁 무렵 집에 들어갔던 일도 같은 경우다. 자신이 정체성을 상실한 무용지물이라는 사실이 가족이나 타인의 눈에 드러나는 게 두려웠던 것이다.

물론 난 그렇지 않았다. 여행 중에는 '아무것도 아닌 상태'를 오히려 즐겼다. 혼자서 빈 몸, 빈 마음으로 여행한 사람들은 알리라. 아무것도 아닌, 존재 그 자체의 상태가 얼마나 감미로운

지…….

여행을 마치고 집에 와서도 당당하게 아무 때고 슬리퍼짝, 운동화짝 끌고 다니며 하루에도 여러 번씩 들락날락했다. 아파트 경비원이 아주 이상한 눈초리로 쳐다보아도 별로 신경 쓰지 않았다. 그러나 나에게 정체성을 요구하는 사회의 묵직한 공기를 나는 느끼고 있었다. 나만 그런 게 아니라 긴 여행에서 돌아온 사람들 모두 그렇지 않을까? 이런 세상이 거북하고 답답했다.

그런데 사회는 변해간다. '포스트모더니티'란 용어를 쓰지 않더라도 이제 우리 사회의 정체성들이 허물어지면서 흐릿해지지 않는가? 살림하는 남편, 재택 근무하는 직장인, 집에서 모니터를 보며 증권을 거래하는 사람, 수많은 계약직, 투 잡과 스리 잡, 동성애자, 양성애자까지……. 평일에 거리를 한가하게 걸어 다니는 이가 백수건달인지, 잘나가는 프리랜서인지 알 수가 없다.

그 대신 역할이 중요해졌다. 나 역시 일상생활에서 수많은 역할을 하고 있다. 글을 써서 원고료 버는 역할도 하고 있지만, 화초에 물을 주면서 생명을 살리는 역할도 하고, 할 일 없어 지루해하는 노모와 화투를 치며 잠시 기쁨을 생산하는 역할도 하고 있으며, 입시에 힘들어하는 조카와 전화 통화하며 격려의 말을 해주는 역할도 하고 있다. 청소를 마친 아내에게 커피를 타주는 역할도 하고 있고, 가끔 장을 보러 가는 역할도 하고 있으며, 지나가는 사람에게 길을 가르쳐주는 역할도 한다.

사람의 가치는 번듯한 직장이나 그럴듯한 타이틀에서 오는 것이 아니다. 근대에 들어서 그토록 강조하는, 아니 세계화 시대가 강조하는 생산성과 별로 관계 없는 이 사소한 행위와 역할들이 사실은 우리 삶의 98%라는 것. 그리고 삶의 힘과 행복은 바로 여기서 온다는 것. 그래서 아무 하는 일 없는 나의 어머니조차 '존재함으로써' 수행하는 역할이 있다는 사실에서 나는 희망을 본다.

먹고사는 문제 못지않게 중요한 것은 어떻게 삶과 인간을 보는가이다. 돌이켜보면 나는 늘 그런 점을 고민하고 새로운 관점을 모색하면서 살아왔다. 그 의식의 전환 속에서 우리의 삶은 새로운 모습으로 다가온다.

유목은 유유자적이
아니라 치열한 삶이다

말과 낙타를 타고 초원이나 사막을 걷는 멋진 풍경 때문일까? 사람들은 유목에 대한 환상을 갖고 있다. 흔히 여행자의 삶을 유목적인 삶이라 부르고, 해를 넘기며 긴 여행을 하거나 떠나고 싶을 때 훌쩍 떠나는 여행자들을 보며 한없이 부러워한다.

"아, 나도 저런 유목적인 삶을 살고 싶어!"

그러나 사람들아 아는가? 멀리서 바라본 황야나 사막은 아름다울지언정 먹이가 풍부하지 않으며, 유목민들은 먹이를 찾기 위해 필사적으로 살아가고 있다는 사실을.

세상은 유목이란 이미지에서 자유와 낭만을 보지만 그 삭막한 초원과 사막에서 어떻게 생존의 사투를 벌이고 있는지에 대해서는 잘 모른다. 그래서 얽매인 삶을 살아가는 사람일수록 유목에 대한 환상을 갖는다.

몸이 '떠돈다'는 것은 결코 유목의 상징이 아니다. 몸은 떠돌아도 마음은 정착한 사람이 누리는 가치와 편안함을 원한다면 그건 유목과 거리가 멀다. 또한 옛날 옛적 봇짐 하나 달랑 메고 다니며 수많은 인연과 신의 손길에 이끌려가는 드라마틱한 방랑에 비하면 요즘처럼 수많은 정보가 흘러넘치는 시대에는 무늬만 방랑이다.

나는 한때 몸도 마음도 울타리를 넘었다고 생각한 적이 있었다. 세상에 미련이 없었고 돈만 마련되면 밖으로 나갔다. 그 자유와 낭만에 취해 정신없이 살았고 '나는 유목민이다' 라는 의식을 스스로 가지려고 노력했다. 그런데 어느 순간, 여행을 아무리 다녀도 이건 유목이 아니라는 생각이 들었다.

유목이란 무엇인가? 유목민은 삶의 현장에서 사투를 벌이고 단단히 뿌리내리며 생존하지 않던가. 그리고 그것에 만족하지 않고 다시 새로운 곳을 찾아 떠나지 않던가. 그 주체성 속에서 누리는 자유로움 때문에 사람들은 유목민의 삶을 그리는 것 아닌가.

그런데 나나 대부분의 여행자들은 유목과 상관없어 보였다. 몸은 돌아다니되 마음은 한갓 낭만에 머물러 있는 경우가 많았다. 또 시간이 흐르고 나면 다시 조직으로 돌아가거나 어떤 식으로든 세상과의 관계 속에서 생계를 책임져야 했다.

유목민이라고 돈벌이를 안 할 수는 없지만 문제는 의식이었다. 여전히 조직으로 돌아가지 않은 사람들은 생활고에 못 이겨 몸과 마음이 지쳐갔고, 아이러니컬하게도 유목을 힘차게 외치는 이들은 한때 이탈했다가 조직으로 돌아간 이들이었다.

어느 날, 나는 나 자신이 어디쯤에 있는가를 심각하게 생각해보았다. 그렇다고 다시 조직으로 돌아가고 싶지는 않았다. 결국 해결책은 내 생각을 바꾸는 데 있었다. 나는 지금 이곳을 여행 중이며, 여기서 열심히 살고 결실을 맺은 후 언젠가 다시 여행을 떠나리라 결심했다.

'그래, 나는 지금 여행 중이야! 한동안 여기서 양을 치고 목초지를 가꾸리라.'

사실 이곳에서 여행에 관련된 글을 쓰고 활동하며 생활을 유지하기 위해서는 많은 노력이 뒤따랐다. 말도 통하고 익숙한 곳이지만 나는 늘 하루하루를 살아가기 위해 고군분투해야 했다. 누군들 살아가는 게 힘들지 않겠는가마는, 늘 떠날 생각을 하며 살아가는 나로서는 세상에 올인하지 못했다. 그런 상태에서 내 세계와 이 세상과의 거리감과 긴장감은 늘 나를 채찍질했다.

유목은 결코 관념의 유희가 아니었다. 밥을 얻기 위한 치열한 고투와 함께 모든 걸 버리고 새로운 삶을 개척하는 열정이 함께 가는 행위였다.

'열심히 밥벌이를 하자. 그리고 떠나는 거야!'

밥벌이와 자유, 삶이라는 수레가 먼 길을 가려면 그 두 바퀴가 튼튼해야 한다.

나의 길동무들

내게는 수많은 여행의 흔적들이 남아 있다. 가장 먼저 낡은 배낭들. 약 20년 동안 다섯 개 정도의 배낭을 썼다. 낡고 해진 배낭들이지만 쉽게 버리지 못하고 있다. 그리고 물 빠진 헐렁이 바지들. 방콕의 카오산 로드에서 산 여행용 바지들로 낡고 찢어졌지만 모두 내 젊은 시절의 흔적이 배어 있는 분신과도 같은 것들이다.

수십 권의 일기장도 있다. 아무리 피곤해도 하루에 2~3시간은 꼭 일기를 썼다. 외롭고 쓸쓸할 때마다 숙소에서 기차 안에서 긁적거렸다. 깨알 같은 추억이 담긴 그 노트들은 어느 사이엔가 쌓이고 쌓여서 지금은 바닥에서 책상 높이까지 될 만큼 모였다. 사진도 빠질 수 없다. 전 세계 구석구석에서 찍어온 슬라이드 사진과 디카 필름 역시 내 방 책장 한 면을 가득 채우고 있다.

이외에도 그림과 예쁜 엽서들, 수많은 음악 CD들이 있다. 터키가 그리우면 타르칸이나 한데 예네르의 노래를 듣고 체코가 그리우면 그곳에서 산 재즈풍의 음악을 듣는다. 또 인도네시아 발리에서 산 단조로운 가믈란 음악을 들으며 잠시 몽롱한 기분에 젖기도 한다.

마지막으로 작은 기념품들이 있다. 사실 장기 여행자들은 기념품을 잘 안 산다. 돈을 아끼기 위해서도 그렇지만 여행 중에 짐이 늘어나면 골치가 아프기 때문이다. 나 역시 그런 이유로 잘 사지 않는 편이었지만 이것도 시간이 지나니 제법 모였다.

어느 날인가, 갑자기 기념품 사진 찍을 일이 생겨 얘들을 거실에 풀어놓은 적이 있었다. 쌓인 먼지를 툭툭 털어 하나 둘 내놓고 보니 지난 추억들이 새록새록 되살아났다. 바로 앞에서 바이올린 연주하는 친구들은 루마니아에서, 그 뒤의 비너스상 사진은 그리스의 로도스 섬에서, 그 뒤의 나무 조각은 인도네시아 발리의 우붓에서, 시클로 모형은 베트남에서, 티셔츠는 캄보디아의 앙코르 유적지에서, 파피루스는 이집트에서 여기까지 온 것이다. 서랍과 벽장 속에만 갇혀 있다가 오랜만에 숨을 쉰다. 집이 좀 넓으면 이 아이들에게도 자리를 하나씩 마련해줄 텐데…….

바이올린 켜는 콧수염 난 인형들을 보니 불쌍한 느낌도 든다. 이 인형은 드라큘라 백작이 유폐되었다는 전설이 있는 루마니아의 브란 성 앞에서 따스한 햇살을 쬐고 있다가 내 손안에 들어왔다.

물끄러미 보고 있으니 브란 성 앞에서 흘러나오던 '봄' 이라는 루마니아 클래식 곡이 떠오른다. 그 곡이 아름다워 CD까지 사왔다. 음악을 틀어놓고 이 기념품들을 바라보니 마치 인형들이 연주를 하는 것만 같다. 사물에는 정령이 깃들어 있음이 틀림없다. 루마니아의 아름다운 풍경이 내 주위에 들어서고 사람들의 웃음과 슬픔이 흘러나온다. 내 젊은 시절의 추억들도 함께 춤을 추는구나!

언젠가 기회가 되면 인형들이 모여 살 수 있는 작은 광장 하나를 만들어야겠다. 밤이 되면 나 몰래 인형들이 신나게 놀 수 있도록……. 그리고 가끔은 내 성 안에서 내 식구와 음악을 크게 틀어놓고 술을 마시며 비밀스러운 연회를 베풀어야지!

여행 작가가 되고 싶어요

블로그를 하면서부터 자주 여행가, 혹은 여행 작가가 되고 싶다는 학생들의 얘기를 듣는다. 방학을 이용해 여행을 떠나고 싶다고 한다면 나는 얼마든지 용기를 북돋아준다. 배낭을 메고 물설고 낯선 곳에서 자신을 책임지며 살아보는 경험은 정말로 앞으로의 인생에 도움이 된다. 몇 년 전에 고등학교를 갓 졸업한 남학생 셋이 인도의 카주라호(Kaajureeho)에서 자전거를 타고 여행하는 모습을 본 적 있는데, 얼마나 대견한지 내심 감동했다.

그런데 여행가나 여행 작가라고 하면, 문제가 다르다. 여행이 한 때의 추억으로 끝나는 게 아니라 글 쓰는 행위, 그리고 생계와 연결되는 것이기 때문이다.

전 세계를 여행하면서 글 쓰고 사진 찍고 또 여행하고⋯⋯. 여행가의 삶이란 얼마나 자유롭고 근사해 보이는가? 원론적으로 보면 그렇다. 하지만 짐작하듯, 속사정은 그렇지 않다. 노래하고 춤추고 연기하는 연예계가 화려해 보이지만 그 이면에 서린 삶들은 얼마나 고되던가? 여행도 마찬가지다. 예전에 어느 영어 방송에 출연한 적이 있는데 프로그램을 진행하던 한국인 강사와 우리말을 아주 잘하는 미국인 강사가 방송 중에 이런 말을 했다.

"이지상 씨가 세상에서 제일 부러운 사람이에요."

"네?"

"얼마나 좋아요. 여행하면서 돈도 벌며 사니까."

그 말을 듣자 고맙기도 하면서 잠시 당혹스러웠다. '여행'이란 말이 주는 이미지 때문인 것 같았다.

그러나 만약 누군가가 현재 나의 일상을 지켜본다면 우아한 백조가 물 위에 떠 있기 위해 물 밑에서 미친 듯이 발을 휘젓는 모습이 연상될 것이다.

여행하면서 살아가는 방법은 결국 '여행으로 어떻게 돈을 버는가' 라는 얘기인데 이 점이 생각만큼 로맨틱하지 않다. 여행을 하면서 돈을 번다는 것은 여행의 순수함으로부터 타락하는 것이 아니라 현실을 살아가기 위한 눈물겨운 노력이며, 눈물 젖은 밥을 먹기 위한 각오가 서지 않으면 여행하며 살아가는 법을 터득할 수가 없다.

그러면 여행해서 돈은 어떻게 벌까? 방법은 아주 많다. 책도 쓰고 신문·잡지에 글도 쓰고 방송도 출연하고 여행사에서 가끔 인솔자 일도 하고 대학이나 기업체에서 강의도 한다. 책 한번 써서 베스트셀러 작가가 되는 사람들도 있지만 그리 흔한 일은 아니다. 베스트셀러를 써도 그 돈 갖고 평생 살 수도 없을뿐더러 매번 베스트셀러를 쓸 수도 없다. 그러므로 늘 발바닥에 땀나게 뛰면서 이것저것 해야 한다. 프리랜서로서 생활을 유지하려면 직장생활보다 두 배는 머리를 쓰고 몸을 써야 한다. 그러므로 여행 작가라는 사람들이 유유자적하면서 사는 모습은 하나의 이미지일 뿐이다.

학생들을 충동하고 싶지 않아 이런 얘기를 먼저 하지만 그렇다고 해서 그들에게 꿈을 포기하라는 얘기를 하고 싶지는 않다. 인생의 어떤 길을 택하든 또 그만한 어려움이 없을까 하는 생각 때문이다. 그래서 또 이런 얘기도 하게 된다.

"멋지게 여행해서 유명해지고 한 방에 베스트셀러를 낸 후 놀면서 여행하는 '꿈'을 갖고 있다면 포기하세요. 그건 올바른 꿈도 아니고 얼마 못 가 자신에게 실망할 겁니다. 명예와 부와 안락함과 즐거움은 한꺼번에 오지 않습니다. 먼저 여행을 사랑하세요. 그리고 자신의 재능을 살펴보세요. 그 재능과 여행에 대한 열정의 교집합을 찾은 후 그 부분에 에너지를 집중한다면 소박하면서도 행복한 삶을 살 수 있을 겁니다."

좋아하는 일을 직업으로 하지 말라는 얘기도 있다. 그만큼 그 길이 어렵기 때문이다. 여행을 좋아한다면 그냥 취미로 하는 것도 괜찮다. 꼭 여행이 삶의 중심이 될 필요는 없을 것 같다. 중요한 것은 삶이므로 여행을 친구처럼 대하는 것이 어쩌면 여행을 가장 여행답게 하는 태도인지도 모른다.

그러나 여행이 너무 좋아서 운명처럼 되는 경우가 있다. 그때는 그 길을 가는 수밖에 없다. 운명에 대한 사랑만 있다면 세상에 못할 것은 없다.

여행과 사랑에 빠지면 사랑하는 사람이 자신의 성공과 명예의 수단이 아니듯이, 이제 자기 인생의 수단이 되기에는 여행이 너무도 애틋해진다. 사랑하는 연인과 보내는 시간이 너무도 좋기에 불안해도 그 길을 가는 것이다. 물론 상처 입고 가다가 깨지고 자기의 삶이 망가질 위험도 있다. 그러나 삶은 원래 그런 모험으로 가득 찬 길이다. 용기 있는 자만이 모험을 즐길 수 있으며 운명을 사랑하게 된다.

다만 여행에 대한 사랑이 운명인가, 혹은 계속 변해가는 욕망의 일부분인가, 또는 괴로운 현실을 잊기 위한 도피성 희망인가를 구별하는 것은 자신의 몫이다.

그런데 운명이란 무엇일까? 과연 있기나 한 것일까? 결국 이런저런 얘기 다 듣고도 그냥 저지른다면 그게 운명인가? 그럼, 자신이 하고 싶은 대로 하는 것이 결국 운명이 되는 것일까?

혹시 이 얘기를 듣고 이런 길을 걷고 싶은 분이 있다면 명심할 것이 있다. 이 길을 가는 사람들은 여유로워 보이는 겉모습과 달리 글을 쓰느라, 사진 장비를 메고 다니느라 '손과 어깨에 통증을 느끼며' 열심히 살고 있다는 사실이다. 또 일반 사람들이 누리는 욕망의 많은 부분을 버리고, 다만 여행이 좋고 글과 사진이 좋아 거기에 푹 빠져서 살아가고 있을 뿐이다. 세상의 성공보다도 그곳까지 가는 과정과 꿈과 희망이 좋아서 하는 것이다.

그리고 자유가 있다. 자유는 많은 욕망을 포기하고 얻는 달콤한 선물이다. 소박하고 성실하게 살아가면서 세상 그 무엇과도 바꾸고 싶지 않은 가치이기도 하다. 그래서 거친 풍파를 만날 때마다 '배고파도 눈물 나도 힘들어도 우리는 행복하다'라고 스스로에게 용기를 북돋우며 산다. 자유는 거저 얻어지지 않기 때문이다.

여행기 쓰는 즐거움과 괴로움

여행기를 쓰는 즐거움은 많다. 우선 자신의 얘기를 풀어낼 수 있다는 것이다. 사람들이 나의 여행 경험과 생각, 감상을 풀어놓은 것을 읽는 것이 부끄럽기도 하지만 기분 좋고 보람 있다. 또 독자들로부터 공감한다는 얘기를 들으면 힘도 난다.

또한 창작의 고통이란 것이 없다. 경험한 것을 그대로 옮기는 작업이다 보니 크게 고민되는 것은 없다. 그저 강물 흘러가듯이 쓰면 된다.

물론 글을 쓴다는 것이 그리 쉬운 일은 아니지만 예술가들의 처절한 고뇌에 비하면 너무도 쉽고 즐거운 일이라는 생각이 든다. 가끔 '휘' 바람 쐬고 돌아온 후에, 혹은 몇 번의 여행이 쌓이고 쌓여 속에서 꿈틀거리며 올라올 때 즐겁게 쓰면 되는 것이다.

여행 갔을 때 샀던 음악을 들으며, 새벽녘이나 늦은 밤 창문으로 들어오는 한 줄기 바람을 맞으며 글을 쓰는 시간만큼은 세상 부러울 게 아무것도 없다. 몸으로 여행한 후 다시 마음으로 여행을 하는 것이다. 그때마다 불끈불끈 다시 가고 싶은 충동에 몸을 떨기도 하고 추억을 회상하며 행복에 젖기도 한다. 글을 쓰다 보면 내 몸속에 깃들어 있는 생각과 느낌이 자꾸자꾸 일어나 그때의 잠든 순간들을 일깨운다. 이래저래 여행기 쓰는 즐거움은 많다.

그러나 여행기 쓰는 데는 괴로움도 있다. 책이란 한정된 지면 속에 쓰는 것이다 보니 수많은 얘기 중에서 선택해야 한다. 그 선택의 과정에서 '내가 무엇을 가장 먼저 전달할 것인가' 라는 가치관이 개입된다. 본 대로 느낀 대로 쓴다는 것은 한 편의 글을 쓰는 데는 적용되지만 책을 만들 때는 다르다.

글을 쓰는 것이 대패로 목재를 다듬는 것이라면, 책을 쓰는 것은 그 목재로 집을 만드는 것이다. 그래서 설계도가 필요하다.

문제는 소설가가 멋진 설계도를 그려 자기 세계를 근사하게 만들어냈다면 사람들은 그걸 소설가의 능력으로 존중해준다. 그러나 여행기는 저자의 세계가 '있는 그대로의 사실' 에 기반해야 한다. 저자가 상상이나 의도적 과장으로 뻥튀기를 하면 그건 그 사람의 양심 문제가 된다. 그런데 여행에는 분명히 개인의 감동과 특별한 경험이 있게 마련이다. 이걸 책 속에 어떻게 녹여 넣는가가 문제인데, 삶이 그렇듯 여행도 늘 멋지거나 아름다운 것은 아니다. 하지만 독자들은 멋지고 자극적이며 아름다운 것에 더 눈길을 보낸다.

여기서 문제가 발생한다. 독자들의 취향에만 맞추면 자칫 현실을 왜곡하고 자기 주관에 너무 빠지면 편협하게 된다. 사실에 기반하되 개인적인 감정과 몰입을 어느 부분까지 표현할 것인가? 사실에 너무 충실하면 건조하고, 개인적인 감상에 너무 빠지면 뻥이라는 얘기를 듣거나 독자들과 공감을 이루지 못한다. 아무리 자신에게 그 순간이 절실했다 하더라도.

또 다른 비유를 하자면 이렇다. 풍경화를 그린다 치자. 캔버스 위에 온갖 세세한 것들, 사람, 물건, 자연 온갖 것들을 다 그려 넣는 방법이 있을 것이다. 아니면 그리고자 하는 것에 초점을 맞추고 다른 것은 약화시키는 방법도 있다. 그 약화시키는 방법 역시 화가마다 다를 것이다. 그래서 똑같은 풍경을 그려도 여러 그림이 나온다.

자, 그렇다면 이 중에서 어떤 그림이 더 가치 있고 사람들에게 인기 있을까?

여행이나 글이 힘든 게 아니라 이런 가치에 대한 생각들이 힘든 것이다. 무슨 법처럼 기준이 정해진 것도 아니니까. 어쨌든 사적인 경험과 사회가 요구하는 시각과의 교집합을 찾아내는 게 중요한데, 어느 누구도 그 지점을 명확하게 판단할 수는 없다.

예술 작품이 아닌, 대중을 상대로 쓰는 여행기에 자신에게는 중요해도 남에게는 전혀 중요치 않은 사적인 경험과 생각을 잔뜩 풀어놓는 것은, 작품으로나 상품으로 세상에 나오기 힘들다. 결국 기우뚱거리며 자기 스스로 혹은 출판사 편집자와 맞춰가야 하는데 이런 과정이 쉽지 않다. 그래서 하찮은 사적인 여행기라도 자꾸 쓰다 보면 연습이 된다. 아름다운 글에 대한 고민보다도 접점 찾기, 자신의 세계 지키기, 동시에 남에 대한 배려, 눈높이 조정 등을 하게 되며, 그 과정에서 여행과 삶, 사회에 대한 안목을 갖추려고 노력해야 한다. 이런 게 있어야 자신과 타인을 균형 있게 바라볼 수 있고 스스로 접점 찾기가 용이해지기 때문이다. 그렇게 책을 내는 과정을 통해 많이 배우고 생각하고 궁리하게 된다.

그런데 문학작품은 긴 역사 속에서 형성된 담론이 있고 평론가들이 평을 해준다. 그래서 대중성이 없는 글들도 그들끼리의 세계에서 서로 인정해준다. 그러나 여행기에는 그런 게 없다. 긴 역사도 없고 평론가도 없다. 수많은 사람들의 의견은 있지만 권위 있는 중심은 없다. 그래서 기준이 되는 것은 대개 '얼마나 팔렸는가? 혹은 팔릴 것인가?'가 된다. 그것에만 신경 쓰면 별로 고민할 필요가 없다. 그것을 향해 최대한 노력하면 되니까. 그러나 글을 쓰는 사람들은 대개 자신을 표현하고 싶어서 쓴다. 자신이 겪은 깊은 경험과 사색, 영혼의 떨림을 쓰고 싶어한다. 그런데 만약 자신의 사적인 경험과 감정이 무대에 올라갈 만큼 보편성을 띠지 못한다면, 여기에서 출판사와 충돌이 일어난다. 그러니까 자신의 얘기를 하되, '돈 내고 사고 싶은 가치'를 지닌 것으로 독자들이 공감할 만해야 별다른 문제 없이 책을 낼 수 있다.

어려운 과정을 통해 책이 나오면 문제는 또 남는다. 코드가 맞는 독자들은 칭찬해주지만 코드가 잘 안 맞는 독자들은 자신이 원하는 게 없는 점에서 실망하고 비판한다. '이 사람은 이 책을 이런 관점에서 만들었구나!' 하고 이해해주면 좋겠지만, 책에 대한 사람들의 기대 수준은 높은 편이다. 독자들은 책에서 많은 것을 원하며 아직도 책을 낸 저자들을 우리의 친구가 아니라 '우리와 다른 사람'으로 여긴다. 과거에는 저자들이 대단한 사람이었는지 모르지만 이제는 우리의 친구 같은 존재인데도 이렇게 현실과 의식 사이에는 아직도 거리가 있다. 이것 때문에 칭찬도 듣고 욕도 먹는다.

그런데 왜 여행기를 낼까? 물론 베스트셀러를 써서 돈을 벌 수도 있지만 대개 그렇지 않다. 사실 어지간하게 팔려도 여행하느라 들어간 돈과 시간에 비하면 늘 손해다. 물질적 측면만 계산한다면 책 쓰는 것은 별로 신바람 나는 일도 아니고, 권하고 싶지도 않다. 그럼에도 책을 쓰는 이유는 누가 뭐래도 나를 표현하는 즐거움 때문이다. 자신의 삶 속에서 건져 올린 경험과 가치관이 투영된 자신만의 작품을 만드는 기쁨이 있다. 그렇게 작은 예술가가 되어 열정 속에서 보내는 그 시간들이 너무도 짜릿하다.

요즘은 나보다 더 자주 여행을 다니고 그 경험을 멋진 글과 사진으로 표현하는 사람들을 인터넷 세계에서 자주 본다. 그 와호장룡들이 멋지게 자신의 여행담을 세상에 풀어놓기를 기대해본다. 그것이야말로 여행을 좋아하는 우리 모두를 위해 정말 신바람 나는 일이 아닐까?

여행에 대한 한계효용 체감의 법칙

많은 사람들이 알고 있는 개념이지만 한계효용 체감의 법칙은 여행에도 적용된다. 아무리 맛있는 음식도 자꾸 먹으면 만족도가 저하되는 것처럼 여행도 되풀이될수록 처음의 짜릿한 맛은 감소된다.

많은 나라를 돌아다니며 보는 것도 문득 피곤해지고, 한 장소에 오랫동안 머물며 노닥거리는 것도 갑자기 지루해진다. 그 피곤함과 지루함이 지겨워 자극적인 것에 몸을 굴리는 사람도 생기고, 무리를 만들어 여행지에서조차 끼리끼리 영역 다툼을 벌이는 풍경도 연출한다.

그쯤 되면 이제 여행이 아니라 삶의 현장이 된다. 바로 이 지점에서 여행자는 딜레마에 빠진다. 여행만 그런 게 아니라 글도, 그림도, 음악도, 연애도, 결혼생활도, 직장생활도 그렇지 않은가. 같은 것, 같은 사람을 계속 접하면 처음의 짜릿한 기쁨은 줄어든다. 여행의 권태로움에서 벗어나는 확실한 방법은 일단 여행을 잊는 것. 스트레스가 팍팍 쌓여서 저절로 여행이 그리워지도록 살아보는 것도 괜찮겠다. 그러나 여행이 반쯤 직업처럼 된 사람들은 그렇게 외면할 수도 없다. 내 경우는 그 딜레마를 극복하기 위해 여러 가지 방법을 찾다가 마침내 좋은 묘책을 발견했다.

뜬금없이 들릴지 모르지만 무언가를 배우는 것이다. 책을 읽어서 배울 수 있고 사람을 만나서도 배울 수 있다. 여하튼 내 안에 지식과 지혜를 쌓는 거다. 세상은 변한 게 없지만 지식과 지혜가 쌓일수록 많은 것들이 보이고 익숙한 것도 새롭게 느껴진다. 특히 고전은 읽으면 읽을수록 깊은 맛이 우러나며 큰 힘이 된다.

여행과 세상을 다 알아버렸다고 생각하는 오래된 여행자들에게는 이것만큼 좋은 약은 없을 것 같다. 어쩌면 배움 그 자체보다도 자신을 낮추고, 다시 호기심 어린 눈으로 남에게 배우는 겸허한 마음이 더 중요한 건지도 모르겠다.

소비와 쾌락, 자극을 추구하는 태도는 한계효용 체감의 법칙이 급속도로 작용하고, 절제와 단순함, 마음을 낮추고 배우는 태도에서는 한계효용 증가의 법칙이 작용하는 것 같다.

카르페 디엠!

프랑스의 포스트모더니티 사회학자 미셸 마페졸리가 한국을 방문했을 때 한국의 사회학자들과 긴 토론을 마친 후, 포장마차에서 술잔을 기울이다가 이런 말을 했다고 한다.

"당신들은 Say 'no' to the world 하는 사람들이고, 나는 Say 'yes' to the world 하는 사람인데 어찌 얘기가 잘 통하겠는가?"

당신은 어떤 부류의 사람인가?

나는 예전에는 Say 'no' to the world 하는 사람이었던 것 같다. 어떤 완전성을 지향했기에 세상은 늘 불완전했고 나와 타인에게도 언제나 비판적이었다. 그런데 요즘은 Say 'yes' to the world 하는 사람으로 조금 바뀐 것 같다. 물론 이 세상이 완전하고 내 시각이 긍정적으로 변해서 만족한다는 얘기는 아니다.

마페졸리는 탄광촌에서 자랐다고 한다. 그는 죽음을 가까이에서 지켜보면서 오히려 이 불완전한 세상과 삶을 있는 그대로 인정하는 태도를 가지게 되었다고 한다. 그의 책상에는 해골이 있는데 그만큼 죽음과 가깝게 살고 있다는 뜻이리라. 그는 항상 이렇게 말한다.

"삶과 죽음, 이 비극적인 상황을 인정하고 마음껏 즐기며 살라."

우리에게 요구되는 것은 오직 이것, 카르페 디엠(현재에 몰입하라, 삶을 즐겨라)! 나도 조금은 이런 쪽으로 간 것 같다. 세상은 여전히 모순 덩어리지만, 있는 그대로 인정하면서부터 조금은 여유가 생긴 듯하다.

글쎄, 어느 쪽이 낫다는 얘기는 할 수 없을 것 같다. no의 태도로 살아가는 사람도 거기서 나름대로 행복과 의미를 찾을 수 있고, yes의 태도로 살아가는 사람도 마찬가지일 것이다.

어느 쪽으로 가든 위험성은 있을 것이다. 전자의 태도는 자신과 사회의 건전한 긴장을 위해 필요하지만, 자칫하면 관용이 없어지고 깡마른 비판 의식만 남아서 남과 자신에게 상처를 줄 수 있다. 반면 후자의 태도는 자신의 삶을 즐기고 타인에게 너그럽겠지만 자칫하면 지극히 개인주의적, 쾌락주의적으로 빠질 수 있다.

어쨌든 양쪽의 태도는 낮과 밤처럼 이 세상에 같이 존재하며 세상은 계속해서 변해갈 것이다. 나 역시 변해왔고 앞으로도 변할 것이다. 변화를 인정하고 그 물결을 탄다면 세상은 한결 살 만한 곳이 된다.

적게 먹고 적게 갖자

한창 여행 다니던 30대에는 날씬하더니만 40대가 되어 글 쓰네 하면서 컴퓨터 앞에 앉아 있다 보니 어느샌가 뱃살이 붙기 시작했다. 처음에는 별로 신경 쓰지 않았다. 그런데 막상 없던 게 생기니까 뭔가 갑갑하고 뒤통수가 당기는 것이, 조짐이 심상치 않았다.

안 되겠다 싶어 운동을 시작했는데 하루에 1시간씩 몇 달을 걸어도 빠질 기미가 안 보였다. 그때 생각난 게 음식! 운동 못지않게 중요한 것은 음식인 것 같다. 사실 나는 여행 중에 아주 나쁜 습관이 배었다. 다름 아닌 콜라와 햄버거를 자주 먹는다는 것.

특히 콜라는 여행 중에 음료수를 대신해 마셨더니 중독이 되어 집에 와서도 냉장고에 콜라를 두고 살았다.

가만히 생각하니 한심하고 창피했다. 내가 애도 아니고 콜라 중독자도 아닌데. 게다가 여행하면서 산다는 사람이 이게 뭐야!

그래서 가장 먼저 청량음료와 패스트푸드부터 끊었다. 밥도 줄였다. 늘 허기지고 힘이 빠졌지만 꾹 참고 2시간씩 독하게 걸었고 새벽에 요가 학원도 다녔다. 그렇게 1년 정도 해서 약 8킬로그램을 뺐다. 기쁘고 뿌듯했지만 마음 한구석에 건강에 대한 긴장감이 들었다. 또 그동안 내가 많이 먹는다고 생각하지 않았는데 그렇지도 않구나 하는 생각도 들었다.

얼마 전에 본 만화영화 〈헷지〉는 인간의 개발에 의해 먹이 구하기가 힘들어진 동물들이 인간 세상을 터는 얘기다.

내 치열함의 최대치는 밥벌이와
노잣돈까지고, 그것만 해결되면
여행이나 하면서 자유롭게 살고 싶다.
그런데 옛말에 의하면 차라리 부자가 되는 게
쉽지 그런 것은 신선의 낙이라고 한다.

"봐. 우리 동물들은 살기 위해 먹지만 인간들은 먹기 위해 산다고!"
영화를 보다가 이 말을 들으니 정말 동물들 눈에는 우리가 그렇게 보일지도 모르겠다는 생각을 했다. 동물들의 눈에 사람들은 늘 과도하게, 편리하게 먹는다. 소화제를 먹고 살을 빼기 위해 운동을 하는 것도 더 먹기 위한 필사적인 노력으로 보이지 않을까? 살을 빼고 난 후부터 나는 늘 적게 먹는다. 그래야 속도 편하고 정신도 맑아진다. 원래 사람은 배가 부르면 쾌락을 탐하고 소유가 많아지면 불안해지면서 없던 걱정도 생기는 법이다.
여행길에서도 짐이 많으면 고생한다. 첫 여행 때 나는 코펠, 버너, 쌀, 감자, 갈아입을 넉넉한 옷 등 온갖 것을 다 갖고 갔다. 대만이 첫 여행지였는데, 아무 정보도 없던 시절이라 바짝 긴장해서 완벽하게 준비했던 것이다. 그러나 잔뜩 갖고 간 짐은 여행 내내 나를 괴롭혔다. 그 후부터 나는 짐을 매우 가볍게 싼다.

나는 많이 갖는 것보다 적게 먹고 적게 갖는 삶을 살고 싶다. 내 치열함의 최대치는 밥벌이와 노잣돈까지고, 그것만 해결되면 여행이나 하면서 자유롭게 살고 싶다. 그런데 옛말에 의하면 차라리 부자가 되는 게 쉽지 그런 것은 신선의 낙이라고 한다.

예나 지금이나 없어도 걱정하고 많아도 걱정하며 살아가는 것이 사람의 운명인가보다. 아무리 그래도 나는 신선의 낙을 누리고 싶은데 이것 또한 부질없는 욕심일까.

여행은 너, 나는 나

한때 여행에 모든 것을 내던졌다. '여행이 내 삶의 축'이라고 당당하게 얘기했던 적도 있었다. 글을 쓰면서도 글은 중심이 아니었고 사진을 찍으면서도 사진이 중심이 아니었다. 그건 다 여행의 파생물 정도였고 나는 이런 파생물에 큰 애정을 주지 않았다. 아니 애정을 줄까봐 두려워 더 거리를 두었다. 내 가슴의 중심엔 오직 여행만 남기고자 했다. 여행을 하든 안 하든. 그런데 이제 여행을 가슴의 중심에서 밀어낼 때가 되었나보다.

사랑하는 사람을 너무 집착하여 옆에 붙잡아두는 것보다 때론 조금 거리를 두고 놓아주는 것이 필요하듯이, 여행도 마찬가지인 것 같다. 사랑한다면 서로 거리를 두고 바라보는 것도 좋지 않을까.

우린 너무 밀착했었지. 아무리 좋은 연인도 길고 긴 세월을 붙어 있으면 서로의 소중함을 모르는 법. 이제 그대와 한 몸이 되기 위해 몸부림치기보다 거리를 두고 사유해야겠어. 독한 마음으로.

열정이 빠져나가는 썰물 소리는 허전하구나. 그러나 썰물 다음에는 밀물이 오리니.

언젠가, 길에서 만나 더 뜨거운 열정으로 한 몸이 되겠지.

이제 네 갈 길을 가라. 더 뜨거운 만남을 기약하며.

그래서 여행은 너, 나는 나다.

용감하게
자신의 길을 가면 돼

산스크리트어로 히마(Hima)는 눈, 알라야(Alaya)는 보금자리라는 뜻으로, 히말라야는 '눈이 머무는 곳'을 의미한다. 이 산맥에는 트레킹 코스가 여럿 있는데 나는 그중에서 왕복 8~9일 정도 소요되는 안나푸르나 베이스캠프 트레킹을 한 적이 있다.

포카라(Pokhara)의 현지 여행사에서 고용한 가이드 겸 포터는 몸이 약했다. 나보다도 힘이 달려 천천히 가자고 할 정도였다. 알고 보니 네팔 전체 인구의 90%가 농업에 종사하지만 자급자족이 안 돼 사람들 대부분은 하루에 두 끼를 먹는다고 했다. 아침에 일어나서 차 한 잔 마신 후 오전 10시쯤에 아침 겸 점심을 먹고, 오후 5~6시가 되면 저녁을 먹은 후 배 꺼지기 전에 일찍 잔다는 것이다. 나와 같이 간 가이드는 한 번 먹을 때 나의 두 곱을 먹었다. 트레킹 기간에는 특히 많이 먹는 것 같았다.

이런 상태에서 트레킹을 즐기자니 불편한 마음도 들었지만 대자연의 품속에서 나는 현실을 잊어갔다. 하얀 눈으로 뒤덮인 안나푸르나 봉들이 나타나면서 새카만 밤하늘의 수많은 별들은 '후' 불면 금방이라도 떨어질 듯 낮게 떠 있었다. 트레킹 3일째, 드디어 해발 2050미터인 촘롱에 도착해 나와 포터는 느긋한 휴식을 즐길 수 있었다.

그때 낯익은 젊은 일본인 커플이 눈에 띄었다. 그들은 베이스캠프까지는 안 가고 촘롱에서 며칠 묵다가 내려갈 생각이라 했는데 아무리 보아도 전에 본 얼굴들이었다. '어디서 봤더라…….' 한 참을 생각해보니 그들은 2년 전 방콕의 어느 게스트 하우스에서 만난 사람들이었다.

"저…… 혹시 2년 전에 방콕 카오산 로드의 마르코 폴로 게스트 하우스에 묵지 않았어요?"

"아, 네. 마르코 폴로 게스트 하우스. 이름 때문에 우리도 기억합 니다."

"그때 혹시 한국인 만나지 않았어요? 당신들이 지도 펴놓고 계획 짤 때 나하고 얘기했잖아요. 그리고 왓포에서도 우연히 만났구 요."

나는 그들을 만난 상황을 세밀하게 기억해냈다.

"네, 맞아요. 그때 한국 학생을 만났지요."

"그게 나예요."

"네? 아니에요. 그 사람은 매우 젊었고 학생이었어요."

그들은 당시 머리가 짧았던 나를 학생으로 생각해서, 덥수룩한 수 염과 장발인 지금의 내가 같은 사람 일 리 없다고 고개를 가로저 었다. 한참을 얘기하자 그제야 내가 그 학생임을 인정했고 우린 오랜만에 회포를 풀었다. 그들은 30대 후반으로 홋카이도에서 유 스호스텔을 하고 있는데 겨울이면 눈이 많이 와서 유스호스텔을 두 달 정도 닫고 동남아나 인도, 네팔 등지를 여행한다고 했다.

"아이는 없어요?"

"네, 안 낳기로 했어요."

"이렇게 사는 게 행복해요?"

"하하, 행복합니다. 일본에서는 애 키우기가 너무 힘들어요. 뭐, 열심히 돈 벌고 저축하다가 1년에 두 달 정도 여행하는 삶이 괜찮습니다."

요즘 한국에서의 상황이 일본에서는 17년 전에 나타나고 있던 것이다.

그 일본인 부부가 자기들만 아는 이기적인 부부이고 향락적인 삶을 살고 싶어서 그랬을까? 아니었다. 전형적인 일본인으로 보이는 그들은 향락적이라기보다는 성실하고 소박해 보이는 사람들이었다. 다만 미래를 위해 무작정 현재를 희생하고 일만 하며 살고 싶지 않다는 것이었다.

"일과 돈 등은 우리에게 필요한 것들이지만 그것에 온 사회와 개인이 부글부글 끓는 분위기가 싫어요. 숨이 막힙니다. 저당 잡힌 불확실한 미래보다는 확실한 현재가 중요하고 먼 미래의 꿈보다는 가까운 미래를 위해 살고 싶어요."

다음 날 아침 그들과 헤어진 후 산을 오르는데 지붕 위에서 떠오르는 해를 향해 꽃을 뿌리며 무릎 꿇고 기도하는 노인을 보았다.

'아, 하루를 저렇게 시작할 수 있다면. 저렇게 경건한 마음으로

살 수만 있다면⋯⋯.'

모든 걸 정리하고 이 산 어딘가에 집을 짓고 저렇게 아침마다 해를 바라보며 살고 싶다는 충동이 일었다. 지난밤에 만난 일본인 커플과 아침에 마주친 노인. 이들에게서 느껴지는 어떤 뜨거운 기운이 많은 것을 생각하게 했다.

그 후 이틀간은 고산증으로 고생하다가 해발 4130미터인 안나푸르나 베이스캠프에 도착했다. 거대한 절벽이 나왔고 절벽 건너편에는 하얀 눈으로 뒤덮인 거대한 설산이 치솟아 있었다. 안나푸르나는 봉우리 하나가 아닌 연봉이다. 해발 7000~8000미터 정도인 안나푸르나 1봉부터 4봉, 안나푸르나 남봉이 이어져 있고, 오른쪽 옆에는 마차푸차르 봉이 보였다.

마차푸차르(Machhapuchhare)는 '물고기 꼬리'라는 뜻인데, 실제로 물고기가 거꾸로 서서 꼬리를 세운 모습이었다. 인간과 동물의 중간인 설인(雪人) '예티'가 안나푸르나 1봉에 살다가 워낙 사람들이 많이 등반해서 요즘은 이곳으로 도망갔다는 얘기가 전해지며, 등반 허가는 나지 않은 곳이다.

전문 산악인들만 설산을 오르고 일반인들은 거기까지만 걷기로 하고 돌아서려는데 갑자기 어디선가 쩍쩍 얼음 갈라지는 소리, 우르릉 천둥소리가 들려오기 시작했다. 산 정상에서 몰려온 시커먼 구름이 온 세상을 뒤덮자 공포감이 밀려왔다.

그날 밤 마차푸차르 캠프 안에서 세계 각국의 여행자들과 이런저런 얘기를 나누었다. 잠시 하던 일을 중단하고 2년 동안 세계 일주를 하던 네덜란드 중년 부부, 한 달간 휴가를 내어 네팔의 히말라야 산맥을 트레킹하던 영국 청년, 여행을 통해서 많은 것을 배우고 있으며 돌아가서 새로운 사업을 할 생각이라던 미국 청년, 군대 제대하고 더 큰 세상을 보려 여행 중이라던 이스라엘 여자, 그냥 이렇게 왔다 갔다 하며 사는 게 좋다던 일본 청년 등 저마다 사연이 달랐고 여행에 대한 태도도 달랐다. 이렇다 할 일 없이 여행 자금을 벌면 나와서 여행하고 돈 떨어지면 다시 들어가 일하는 생활을 3년째 하고 있던 나에게 이들의 삶은 막연하게 희망으로 다가왔다.

'세상에는 이렇게 여행하며 사는 사람들이 많잖아! 이렇게 살아갈 수도 있다고.'

물론 그들 대부분은 돌아가서 자신들의 할 일이 뚜렷했고 나는 그저 떠돌고 싶은 여행자여서 처지가 달랐지만 배낭 멘 이들만 보면 다 동지처럼 느껴지던 시절이라, 나는 그들에게서 위안을 얻고 싶었다.

창밖에는 마차푸차르 봉에서 내려온 바람 소리가 윙윙 울리고 숙소 안에는 차가운 한기가 돌았지만 내 가슴은 훈훈했다.

그로부터 17년이 지났다. 다들 행복했을까? 나는 내가 여행하며 만났던 많은 사람들을 만나 물어보고 싶지만 그럴 수 없는 것이 아쉽다. 촘롱의 게스트 하우스에서 만났던 일본인 부부와는 두어 번 편지를 주고받았다. 그들이 살고 있는 홋카이도는 겨울이면 눈이 엄청나게 왔고 그 바람에 손님이 별로 없어서 게스트 하우스는 문을 닫을 수밖에 없었다. 그 덕에 그들은 어김없이 중국이며 동남아로 여행을 떠난다고 했다. 그 유스호스텔은 아버지의 도움으로 열었는데 이자까지 쳐서 갚아야 하므로 부지런히 일해야 하지만 겨울 여행만큼은 포기할 수 없다고 했다.

자유란 무엇일까, 행복이란 무엇일까? 그냥 여행이나 하고 휘휘 돌아다니며 사는 것일까?

나는 때로는 즐거운, 때로는 쓸쓸한 길을 걸어오며 그런 고민을 수없이 했다. 그리고 하나를 택하면 하나를 포기해야 한다는 것을 깨달았다.

중요한 것은 어느 길이냐가 아니라 어떻게 가는가였다.

살다가 가슴이 허해질 때는 히말라야 산맥의 천둥소리와 찬바람과 여행자들의 얘기를 떠올린다. 세상이 히말라야 산맥의 무시무시한 찬바람보다 더 싸늘할 리 없고, 삶의 열기가 히말라야에서 만난 여행자들의 꿈보다 더 뜨거울 리 없지 않은가. 그냥 가슴을 열고 용감하게 자기의 길을 가면 되는 것이겠지.

There now to be happy.

04

지금 그곳에서
행복해야 해

여행을 제대로 즐기려면 가슴을 비워야 한다.
그건 여행의 태도이기 이전에 일상의 중요한 태도이기도 하다.
결국 여행과 일상은 동전의 앞뒤처럼 둘이 아닌 하나.
여행과 삶을 행복하게 하려면
어깨에 힘 빼고 소박해야 한다.

삶은 우주의 중심으로
향하는 여행

여행을 할 때 나는 모든 걱정을 잊는다. 트럭 짐칸이든 이등 열차 침대칸이든, 무언가에 실려 어디론가 가며 저 먼 하늘을 바라볼 때 나는 잠시 해탈의 근처를 떠돌고, 아무도 모르는 곳에서 고요한 골목길을 산책하거나 따스한 햇살 아래 광장에 앉아 세상을 품을 때 나는 니르바나(Nirvàna)의 언저리에 머문다. 삶의 의미는 여전히 찾지 못했지만 그렇게 살아 있음의 환희에 잠시 젖는다.

살아가는 곳에선 갈증을 쉽게 채울 수 없어 멀고 먼 여행을 떠나지만, 사실 우리는 모든 걱정을 잊고 살아 있음의 환희에 젖을 수 있는 곳, 시간과 공간이 분리되지 않은 모태처럼 충만한 곳, 즉 우주의 중심으로 가고 싶어한다. 그러나 세상이라는 이 변방의 해변에 도착하는 순간, 시간과 공간과 관계는 기다렸다는 듯이 달려들어 날카로운 칼로 우리를 생채기 낸다. 그때 느끼는 정신의 아픔, 그 아픔 속에서 비늘처럼 빛나는 찬란한 순간들.

그래서 우리는 다시 탈출을 꿈꾼다. 몸은 먼 곳을 향하지만, 정신은 중심을 향한다. 그러나 수많은 오고 감 속에서, 육신의 제약 속에서 고통과 이별과 외로움이야말로 삶의 힘인 것을 깨닫는다. 그리고 카르마(Karma)야말로 내 삶의 근원인 것도. 이런 것들은 우주의 중심으로 향하는 여행의 소중한 연료다. 오늘도 나는 연료를 모은다.

떠나는 사람들아

떠나고 싶어하는 사람들아

떠나지 못하는 사람들아

슬퍼하지 말고 연료를 모으라. 그리고 때가 오면 태워라.

걱정할 것 없다. 우리의 삶은 결국 우주의 중심으로 향한다.

그것만 생각하면 그 어떤 고(苦)와 고(孤)도 견딜 만하다.

그래, 모든 게 다 잘 될 거야. 아니, 모든 게 이미 다 잘 되어 있어.

삶은 우주의 중심으로 향하는 여행.

우리는 시간을 타고 그곳으로 향하는 여행자.

제가 떠나도 될까요?

여행에서든 삶에서든 결단을 내려야 할 때가 있다. 이거냐 저거냐? 그 순간이 위기라면 위기이고 기회라면 기회인데, 내 경우 처음 여행을 결정할 때 그런 고민을 많이 했다. 떠날 것인가 말 것인가를 고민하며 사표를 만지작거렸다. 불면의 밤이 계속되던 어느 날, 드디어 결단을 내렸다.

'두 마리 토끼를 잡지 말자. 자유와 안정은 함께 갈 수 없다.'

직장에 다니며 자유를 원하고, 조직을 벗어나길 원하며 안정을 원할 수는 없지 않은가. 싱글의 자유를 원하며 외로움은 싫고, 결혼의 안정은 원하지만 구속은 싫다? 자식을 기르는 수고는 피하고 싶지만 자식 가진 이의 든든함은 부럽고, 자식을 기르면서도 자식 없는 이의 가벼운 삶을 부러워한다면 늘 결핍감을 느끼게 되는 거다.

가끔 가족이나 가까운 지인들이 말한다.

"그때, 네가 계속 직장을 다녔으면 지금쯤 남부럽지 않은 안정된 생활을 하고 있을 텐데."

그러면 나는 간단하게 한마디 한다.

"그랬다면 병에 걸려 일찍 죽었거나 아마 정신 병원에 있을 걸요."

그만큼 세상을 떠도는 여행은 나에게 절실했다. 어차피 하나를 선택하려면 다른 하나를 포기해야 한다. 하지만 선택의 순간이 오면 두 가지가 다 아쉽게 마련이다. 또 결과에 대해 먼저 예측하고 고민한다. 그러나 답은 잘 나오지 않는다. 온갖 예측만 난무하고 가장 중요한 현재를 부실하게 만든다. 어느 길을 가든 가장 중요한 현재, 다시는 되돌아오지 않을 그 현재가 부실할수록 미래 또한 부실해진다.

이럴 때는 자신의 삶에서 가치의 우선순위를 정렬해야 한다. 가장 중요한 것을 앞에 놓고 나머지는 포기하면 된다. 이렇게 정리하지 못하면 한 치 앞도 나갈 수 없다.

같은 직장에 근무하던 동갑내기가 있었다. 그는 나와 달리 직장을 자신과 동일시했기에 당연히 직장을 대하는 태도가 나와는 달랐다. 헌신적으로 열심히 일했고 인간관계도 잘 유지했다. 비굴하게 남의 눈치 보며 산 게 아니라 트러블이 있으면 싸우기도 하고, '좀 도와달라'고 호소도 했다. 인간적인 매력이 느껴지는 좋은 친구였다. 그와 다른 부류였던 나는 3년도 안 되어 직장을 나왔지만, 그 친구는 계속 직장을 다녔고 잘되었다는 얘길 전해 들었다. 그는 그의 길에 최선을 다했고 나는 나의 길에 최선을 다했을 뿐이다.

중요한 것은 자신을 불태우는 것이다. 어느 길을 선택하든 기웃거리면 불행해진다. 나는 방랑의 길을 떠날 때 세상 다 버리고 길을 가다 죽어도 좋다는 심정으로 갔고, 그 후 뿌리를 내려야 한다고 생각했을 때는 죽기 살기로 글을 썼다.

혹시라도 떠나야 하나 말아야 하나 고민하는 사람이 있다면, 바로 지금 가치의 우선순위를 정렬해보기를. 떠난다는 선택을 했으면 뒤돌아보지 말고, 남기를 원한다면 아쉬움 없이 혼신의 힘을 다해 하루하루를 살기를. 떠나는 사람도 감동스러워 보이고 자기 자리에서 여행에 대한 꿈을 키우는 사람도 멋지다. 결국 어느 길을 가든 자신이 선택한 길을 사랑하고 최선을 다하면 된다.

문제는 '당장' 두 마리 토끼를 잡으려는 마음이다. 한 마리 토끼를 먼저 잡고 한 마리는 나중에 잡으면 어떨까? 뭐, 못 잡으면 말고. 한 마리만 잡아도 어딘가.

토토,
절대로
뒤돌아보지 마

가끔 영화 〈시네마 천국〉을 떠올린다. 영화가 좋아서 몇 번씩이나 보았고 그 음악을 수없이 들었다. 사랑 이야기나 재미있는 에피소드도 좋지만, 내 삶이 불안하고 막막할 때마다 나는 알프레도가 도시로 떠나는 토토에게 하던 말을 떠올린다.

"토토, 절대로 돌아오지 마. 이 마을에는 너를 위해 준비해둔 게 없어. 절대로 돌아오지 마, 절대로!"

〈시네마 천국〉은 제2차 세계대전 직후 가난한 시칠리아의 어느 마을을 배경으로 한 아름다운 영화다. 영화 보는 걸 너무도 좋아한 어린 토토는 알프레도 아저씨에게 영사 기술을 배우고 싶어한다. 촌구석에서 썩어가는 영사 기사의 삶을 잘 아는 알프레도는 그런 토토를 만류하지만 결국 토토의 꾀에 넘어가 기술을 가르쳐준다.

토토는 영화를 배우며 꿈을 키워나갔으나 첫사랑에 실패한 후 방황하다 결국 마을을 떠난다. 토토는 훗날 유명한 영화감독이 되었고 알프레도가 죽은 후에야 그의 장례식에 참석하러 마을로 돌아온다. 그리고 알프레도가 남긴 필름 한 통을 보며 환희의 웃음을 짓는데, 그건 바로 수없이 잘려 나간 남녀의 키스 장면이었다. 그 시절 성당의 신부는 종을 딸랑딸랑거리며 키스신이나 야한 장면이 나오면 자르도록 했고 알프레도는 그 삭제된 필름을 다 모아놓은 것이다. 영화는 토토가 그걸 보면서 풋풋하던 젊은 시절을 회상하며 끝난다.

〈시네마 천국〉은 내가 너무도 좋아하는 영화다. 그중에서도 기차가 달려올 때 눈먼 알프레도가 "토토, 절대로 돌아오지 마. 절대로!" 하면서 청년 토토의 손을 꼭 잡으며 속삭이는 장면을 보면 지금도 가슴이 울렁거린다. 배낭을 메고 집을 떠나던 그 시절이 생각나서일까? 중풍으로 감정 조절이 안 되어 '어버버' 하며 통곡하던 아버지와 '새처럼 훨훨 날아가라'며 눈물짓던 어머니를 뒤로한 채 나는 알프레도의 그 대사를 떠올리며 길을 떠났다.

그때 나는 토토였고 지금도 토토다. 내 몸은 세상에 돌아와 열심히 살고 있지만 내 정신은 여전히 돌아오지 않았다. 시칠리아의 마을을 돌아보며 지나간 시절을 회상하는 다 큰 토토처럼 나 역시 세상을 부연 안개 속에서 바라보며 살아가고 있다.

한번 흘러간 시절과 한번 떠나온 세상으로는 돌아갈 수도 없고 돌아가서도 안 된다. 그게 우리의 삶이다. 그러므로 앞을 바라보며 살아가야 한다. 바닥으로 굴러 떨어지고 힘든 순간이 찾아올지라도 굳건하게 자신의 운명을 찾아가는 작은 영웅이 되어야 한다. 우리는 모두 자신의 삶에 관한 한 영웅이다.

다만 회상 속에 비치는 젊은 시절의 촉촉한 추억이 고통스러우면서도 아름답다. 나는 이 추억의 힘으로 팍팍한 현실을 살아나간다.

돌아온
여행자에게 고함

요즘 들어 제자리를 잘 찾지 못하는 장기 여행자나 오랜 기간 마음으로 방황하는 여행자들을 종종 본다. 특히 장기 여행을 마치고 돌아온 사람들 가운데에는 여행과 취업의 기로에서 길을 잃고 헤매는 사람들이 있다. 그중에는 새로운 일을 찾지 못하는 사람이 있는가 하면, 여행의 매혹에 빠져 아예 여행하는 삶을 꿈꾸는 사람도 있다.

사실 새로운 세상을 찾아 떠난 이들이기에 떠나기 전의 자리로 다시 돌아간다는 건 싫을 것이다. 자신의 정체성을 위해서든 앞으로의 진로를 위해서든 떠나온 세계로, 그 가치관의 세계로 다시 돌아가고 싶지 않을 것이다.

한때 들뢰즈의 유목 철학에 심취한 적이 있다. 아니, 심취라면 거창하고 책 붙들고 '끙끙거린' 적이 있다. 그 어려운 책들을 읽은 이유는 철학 때문이 아니라 내 삶의 방향을 알고 싶어서였다. 그 책 속에 있는 수많은 개념들이 어렴풋하게 기억나는데, 이 글을 쓰기 위해 다시 책을 뒤적이고 싶은 마음은 없지만 지금도 또렷하게 기억하는 단어들은 코드화, 탈코드화, 재코드화 그리고 탈영토화, 재영토화, 일관성 등의 개념들이다.

철학적으로 간단한 용어가 아니지만 내 삶의 경험으로 이해한다면 내가 직장을 그만두고 세상을 향해 뛰쳐나갔을 때, 나는 마음속으로 이 세상의 '코드' 대로 살지 않겠다는 각오를 했다. 탈코드화라고나 할까? 내가 살던 영토를 벗어났으니 탈영토화라고도 할 수 있을 것이다(몸뿐만 아니라 마음도).

여행을 떠났지만, 그때 나는 막막했다. 학생도 아니었고 휴가도 아니었으며 지금처럼 여행 산업이 발달한 시대도 아니었다. 울타리를 뛰어넘어 들판으로 나가니 세상의 영토가 다 내 것처럼 보였다. 그런데 나와 같은 이들이 많아지자 다시 사람들 사이에 관계와 규칙이 생겨났다. 그 무리들 속에서 재코드화와 재영토화가 이루어진 것이다.

당연한 과정이지만 꿈과 희망에 가득 찼던 여행과 삶이 점점 일상이 되어가는 광경은 답답했다. 하지만 비슷한 사람들 사이에 관계를 맺고 거기서 영역을 구축하는 재영토화 작업은 재미있었고 든든한 힘도 되어주었으며, 그곳에서 나의 의미를 찾았고 인정을 받았다.

그런데 어느 날 문득 돌아보니 나는 다시 울타리에 갇히고 만 게 아닌가. 결국 재코드화된 관계들은 구속처럼 다가왔고 지리멸렬한 일상이 이어졌다. 야성은 사라졌고 안주가 시작된 것이다. 몸은 여행을 해도 마음은 익숙함 속에서 무디어져갔다.

어느 날 나는 독한 마음으로 다시 내가 살던 터전을 뛰어넘기로 했다. 그 후 세상과의 관계를 끊고 몇 년의 세월을 고독하게 보내며 나의 삶을 씹고 또 씹어보았다. 그 과정을 통해 내린 결론은 내가 너무 게을렀다는 사실, 재코드화된 그 영토 속에서 안주하려 했던 사실, 말은 자유니 방랑이니 떠들었지만 마음속에서는 지난 세월을 보상이라도 받듯 편안함과 익숙함과 관계의 안정성을 즐기려 했다는 사실이었다. 그래서 나는 배낭을 메고 시베리아로 아프리카로 다시 인도로 떠났다. 즐거운 여행이 아니라 고독하고 비장한 여행이었다.

그렇게 발버둥 치면서 살아오는 동안 천천히 내 안에 고이는 생각들이 있었으니 삶에서 결코 안주하지 말라는 것이었다. 그 어떤 명예와 정신적인 성취에도, 안분지족과 소박함에도, 익명성이 주는 자유에도 안주하지 말고 끊임없이 노력하라는 것. 머무는 순간 다시 추락이라는 것이었다. 아무리 몸이 돌아다녀도 마음이 깨어 있지 못하면 다 헛것이며, 삶의 허망과 불안은 몸이 아니라 마음이 안주하려는 데서 온다는 것을 깨달았다.

우리에게 중요한 것은 세상 밖으로 뛰쳐나가는가, 세상 안에서 살아가는가가 아니라, 늘 자신의 위치에서 안주하려는 마음을 뛰어넘는 것이다. 여행을 계속한다고 이탈이 아니고 생활로 돌아왔다고 해서 안주가 아니다. 오히려 그 반대일 수도 있다. 문제는 몸이 아니라 정신이고, 여행이냐 정착이냐가 아니라 삶의 터전을 닦다가 다시 또 '뛰어넘는' 행위일 것이다.

이제는 부쩍 많아진 돌아온 여행자들이 계속 여행의 길을 택하든,

생활을 택하든 일단 터전을 잘 닦았으면 좋겠다. 비록 그곳이 남루하고 보잘것없어 머물고 싶지 않더라도 잘 닦아놓아야 다시 경계선을 뛰어넘는 기쁨을 느낄 수 있다. 이것은 그들뿐 아니라 이 시대 많은 사람들의 고민이기도 하다. 서로 힘내고 용기를 북돋운다면 그리 어려운 일은 아닐 것이다.

사소한 것의 아름다움

나의 어릴 적 꿈은 거창했다. 누가 물어보면 언제나 대통령, 장군, 과학자 등을 말했다. 그건 나의 뜻이 아니라 교육과 그 시절의 사회 환경 탓이었다.

살면서도 나는 늘 타인과 비교되었고 또 비교했다. 경쟁을 해야 했고 이겨야만 했다. 타인의 시선과 나의 자의식이 항상 나를 속박했다. 그런 상황에서 나는 존재의 기쁨을 맛볼 여유가 없었다. 눈앞의 모든 것들을 있는 그대로 보고 느끼기보다는 머릿속에 투입된 사회적 시선과 가치관을 통해 보았다.

내가 그런 시선과 가치관에서 자유로워지기 시작한 것은 여행을 하고부터였다. 국경을 넘어 다른 세상으로 가면 나는 다만 한 인간으로 존재했다. 내가 가진 수많은 가치관들은 그 땅에서 잠시 형성된 신기루 같은 것들이었다. 그것을 버리자 사소한 것들의 아름다움이 가슴에 밀려오기 시작했다.

시베리아 평원에서 볼을 스치던 싸늘한 바람
터키의 어느 골목길에서 코끝을 스치던 빵 굽는 냄새
그리스의 어느 길가에서 햇빛을 쬐던 고양이
프라하 구시가지의 카페에서 풍겨나오던 진한 커피 향기
서역 지방의 카슈가르에서 본 위구르족의 낯선 옷차림

그 작고 사소한 것들 속에 깃든 아름다움을 보는 순간 나는 행복했다. 아, 이런 것이 존재의 기쁨이로구나. 우리를 영원히 행복하게 하는 것들. 아무리 여행을 많이 하고, 많이 살고, 많이 알아도 아름다움을 보지 못하면 다 헛것이었다. 아름다움을 느끼는 예민한 안테나만 있다면 하루가 행복하고 한 달이 행복하며 평생이 행복해진다.

아름다움은 언제 보이나? 그것은 섬광처럼 번뜩이는 순간에 모습을 드러내고 마음을 비울 때 나타난다. 그러므로 여행 경험이 쌓일수록, 나이가 들어갈수록 내 지식과 경험을 자꾸 비워내야 한다. 그렇지 않으면 오만해진다. 어디를 여행했고, 몇 년을 여행했고, 몇 번을 갔고, 세계 일주를 했고 대륙을 횡단했고, 내가 몇 살인데, 내가 왕년에 뭘 했는데…… 하는 말들에서 오는 무게를 털어버려야 진정한 아름다움이 보인다.

그리고 그건 여행의 태도이기 이전에 일상에서도 중요한 태도이다. 결국 여행과 일상은 동전의 앞뒤처럼 둘이 아닌 하나. 안에서 그런 작은 아름다움과 즐거움을 볼 줄 아는 사람이 밖에 나가서도 그런 것을 볼 수 있다. 그것이야말로 아름다운 여행이 아닐까?

꿈은
만들어가는 거야

삶에 대해 생각할 때 나는 나무를 관찰하며 많은 지혜를 얻는다. 어떤 나무가 잘 자랄까?

우선 씨가 좋아야 한다. 이 말은 꿈이나 뜻이 바른 것이어야 한다는 얘기일 것이다. 사람들은 "꿈을 가져라", "꿈을 실현해라" 하는 말을 많이 한다. 그러나 그 꿈이 과도한 물욕, 권력욕, 명예욕과 연결되어 있을 때 그 꿈은 자신을 행복하게 하는 게 아니라 불행을 자초하거나 좌절되기 쉽다.

그리고 토양이 좋은 곳에 씨를 뿌려야 한다. 바위에 씨를 뿌려봐야 뿌리가 내리지 않는다. 그렇다면 좋은 토양이란 어떤 곳일까? 아마 씨가 썩는 곳이리라. 씨는 썩고 깨지지 않으면 좁쌀만 한 상태로 머문다. 온갖 양분들이 담긴 좋은 흙 속에서 썩은 씨만이 세포 분열이 일어난다.

우리 주변에서도 크게 되는 사람들은 대부분 어릴 적에 고생을 많이 한다. 독야청청 홀로 잘난 체하며 살지 않고 세상과 조화를 이루며 자신을 성장시킨다. 그리고 세상이라는 토양을 양분 삼아 무럭무럭 자라난다. 뿌리를 든든히 내리고 싹을 틔우는 과정에서 온갖 고난과 고통을 이겨낸다. 따가운 햇살과 차가운 바람과 비를 맞으며 온갖 해충을 이겨내고 자란 나무들은 튼실한 열매를 맺고 아름다운 꽃을 피운다.

인간의 일생이 나무와 다를 리 없다. 무엇이 되었든 자신의 세계

성공하고 싶은가? 꿈을 실현하고 싶은가?
그러면 천천히 가라. 인생의 한 부분을
뚝 떼어 바쳐라. 자신을 너무 고집하지 말고
깨지고 상처받으며 한 걸음씩 걸어가라.

를 실현하는 사람들은 그러한 과정을 겪는다. 여행의 길을 가는 사람들 가운데에서도 나는 이런 경우를 많이 본다.

여행으로 사는 사람들은 명예나 돈이 아니라 여행에 대한 순수한 열정 하나만으로 뛰어든 것이다. 처음부터 '나는 이러이러한 것을 해서 이렇게 성공할 테야' 라는 생각으로 접근한 사람들은 거의 없다. 무슨 일이든 좋아하는 것에 자신의 삶을 뚝 떼어 바친 사람들이 뭔가를 한다.

여행이 좋아서 무작정 여행하다가 직접 배낭 여행사를 만들어 키운 사람이 있다. 그 모든 과정을 지켜본 나는 그가 얼마나 검소하며 온갖 시련 속에서 한 걸음씩 그 여행사를 키워왔는지를 잘 안다. 남들이 생각하듯 좋은 곳에서 투자받고 여유 자금이 있어서 그만큼 키운 것이 아니다. 그는 대학생 때부터 학교 근처에 조그만 사무실을 얻어 혼자 어학원을 운영했고, 이후 여행사로 바꿨을 때도 손수 걸레질하고 일요일엔 혼자 나와 직접 창문의 블라인드를 갈며 경비를 아꼈다. 여행업계 사람들과도 꾸준히 교류하면서 좋은 아이디어 얻기 위해 늘 궁리했다. 그렇게 10년을 보내고 나니 어느덧 튼튼한 중견 여행사가 된 것이다.

잘 아는 후배 여행 사진작가 역시 그렇다. 처음엔 여행이 좋아서 그냥 대책 없이 다녔다. 그러다 사진이 좋아서 또 대책 없이 찍었다. 그렇게 5~6년 푹 빠져서 하다 보니 사진 실력이 늘고 주변에 알려지면서 여행 사진작가로 활동하기 시작했고, 그렇게 10년쯤 지나니 여행 가이드북도 여러 권 내고 신문과 잡지 등에 기고도 하면서 왕성하게 활동하는 사진작가로 우뚝 섰다. 현재 16년째 그 길을 가고 있다.

또 다른 여행 사진작가 역시 10여 년 동안 죽어라 여행하고 사진 찍으면서 고생하다가 요즘 들어 사진집도 여러 권 내고 전시회도 하면서 왕성하게 활동하고 있다. 그 세월도 벌써 16년이 되어간다. 가이드북 몇 권에 자신의 청춘을 다 바치고 열심히 글 써서 나름대로 입지를 굳힌 여행 가이드북 작가도 10여 년의 세월 동안 열정적인 삶을 살았다. 이외에도 여행과 그림을 접목하는 작업을 하는 사람도 10년 정도 열심히 하니까 이름이 서서히 알려지면서 빛을 보기 시작했고, 가이드북을 쓰는 어느 여행 작가도 돈 욕심 없이 10년 동안 열심히 여행을 하며 살다 보니 내공이 쌓여 얼마 전에는 책까지 출간하게 되었다. 나 역시 이런저런 활동을 했지만 이 길을 걸은 지 10년 정도 지난 후부터 왕성한 활동을 했고 본격적으로 책을 쓴 것도 그때부터다. 그렇게 여행과 함께 산 세월이 어느덧 20년째 접어들고 있다.

글이든 사진이든 그림이든 사업이든 세상의 모든 일은 묵히는 시간이 필요하다. 인생은 자판기 커피처럼 300원 집어넣으면 금방 300원짜리 커피가 턱 하니 나오는 것이 아니다. 씨가 썩고 싹을 틔우고 비바람 속에서 자라는 세월이 필요한 것이다.

물론 사람에 따라서는 1000원을 투자해서 5000원, 1만 원을 얻어내는 사람도 있다. 세상은 그런 사람을 능력 있는 사람이라 부르고 나 역시 처음에는 그런 줄 알았다. 그러나 지금 와서 확신하는 것은 인생이 나무의 일생과 다를 바 없다는 것이다. 짧은 시야가 아니라 인생 전체를 넓은 눈으로 보면 분명히 어떤 법칙이 있다. 나는 이렇게 말하고 싶다.

"성공하고 싶은가? 꿈을 실현하고 싶은가? 그러면 천천히 가라. 인생의 한 부분을 뚝 떼어 바쳐라. 자신을 너무 고집하지 말고 깨지고 상처받으며 한 걸음씩 걸어가라. 어떤 일이든 그렇게 10년만 해봐라. 남을 부러워하지 말며 자신의 꽃을 피워라."

그러면 그 길을 가다가 어느 날 문득, 성공은 남들의 시선에서 확인되는 것이 아니라 자신의 가슴속에서 남모르게 열리는 작은 열매라는 것을 깨닫게 된다. 그것이 진짜 성공 아닐까?

가슴 터질 듯한 새벽 공기와
한낮의 따스한 태양과
평화로운 저녁의 어스름과
깊은 안식의 밤과
그리고 바람에 흔들리는 나뭇잎만 있어도
삶은 살아볼 만하다.

그 이상은 모두 덤.
뭘, 더 바라는가?

외로운 이들에게

나는 나이 마흔까지 싱글이었다. 그리고 결혼을 한 후에는 아이 없이 살기로 결정했다. 그것은 그저 자연스럽게 선택한 길이었다.

요즘은 주변에 나처럼 사는 사람들이 종종 보인다. 30~40대 싱글은 물론, 아이 대신 고양이나 개를 자식처럼 키우며 사는 커플들도 적지 않다. 특히 여행하는 삶을 선택한 사람들 중에는 이처럼 사는 경우가 많은데, 이들은 언제나 가볍게 훌쩍 떠날 수 있는 자신들의 삶을 사랑한다. 다른 나라에서 몇 개월씩 살면서 여행 가이드북을 쓰는 커플도 있고, 휴가를 이용해 여행을 떠나는 맞벌이 부부도 있으며, 여행과 사진에 삶을 바치는 나이 든 싱글 남녀도 많다.

가족의 일원으로 살아온 우리는 이제 낱개로 살아가는 데 익숙해졌다. "내 인생을 살고 싶어!"라면서 나의 행복을 중요시하고 집안을 위해 자신을 희생하고 싶어하지 않는다. 이것은 곧 내가 만족스럽지 않은데 다른 것이 무슨 의미가 있느냐는 말이다. 옛날 어른들이 보면 철없고 이기적으로 보일지 모르지만 이런 현상은 변하는 세상 속의 한 흐름이 되었다.

"나이 때문에 등 떠밀려 결혼하고 싶지 않아요."

"결혼이란 제도가 힘들게 하지요. 상대방만 생각하면 모르겠는데 양쪽 집안 문제가 얽히다 보니 그런 관계가 싫어요."

"아이 키우기가 힘들어요. 키우고 나면 예전처럼 보람이 있는 것도 아닌 것 같고."

이처럼 결혼을 하지 않거나 애를 안 낳는 이유도 여러 가지다. 하긴 나만 해도 주변의 싱글들에게 종종 이런 얘기를 해준다.

"보세요. 우리처럼 살면 결혼 적령기 같은 것은 없어요. 결혼 적령기란 사실 아이 때문에 고려하는 것인데, 그것만 상관없다면 언제든 만나서 함께 살 수 있는 거지요. 아이가 없어서 노후에 걱정된다구요? 걱정 마세요. 우리 같은 사람들이 많아지면 실버산업도 발전하겠지요."

그러면 사람들이 묻는다. 그처럼 결혼이나 아이들에게서 벗어난 사람들은 하고 싶은 대로 맘껏 하며 살 수 있어서 자유롭고 행복한가에 대해.

'나' 중심의 삶에서 사람들은 자유를 누리지만 그만큼 외로움도 탄다. 사람은 관계로부터 스트레스를 받지만 관계 속에서 나의 존재감을 찾고 삶의 보람과 의미를 찾기 때문에 관계가 없는 싱글들은 바람이 조금만 불어도 휘청거리며 쓸쓸해한다. 결혼을 했어도 아이 없는 부부도 금세 쓸쓸해지기는 마찬가지다. 사랑에 관한 사람의 열정이란 시간이 지나면 자연스럽게 식게 되는 법, 그때부터 적적해지는 거다. 그래서 문득 결혼해서 애들 낳고 지지고 볶으면서 사는 재미가 부러워지며, 거기서 삶을 배우고 성장해가는 게 아닐까 하는 생각도 든다.

나는 한동안 나만을 위해 살아보았고, 결혼해서는 '둘이서 알뜰하게 여행이나 하면서 오붓하게 살아가자' 라는 생각을 한 적도 있었다. 그런데 지나고 보니 한때는 좋을지 몰라도 그게 오랫동안 나의 행복을 보장해줄 것 같지는 않았다. 행복이란 결코 자신만 잘 먹고 잘 사는데서 오는 것은 아니기 때문이다. 사람은 사랑을 주고받고 소통하는 재미에 사는 것이다. 결혼하고 자식을 둔 사람들은 그것을 아이들을 통해 경험한다. 그러므로 결혼하지 않은 싱글이나 아이 없이 사는 부부가 외로워지지 않으려면 애정을 주는 대상이 있어야 한다. 나이가 들어갈수록 남에게 사랑을 받는 것보다 베푸는 행위가 더 중요하다.

가족의 형태가 어떻게 변하든 우리는 사랑받고 싶어하고 사랑을 주고 싶어한다. 결국 결혼을 하든 아이를 낳든 중요한 건 내 마음속 사랑과 열정을 삶 속에 어떻게 아름답게 풀어놓느냐가 아닐까? 어떤 선택을 하든 행복해질 수 있고 불행해질 수 있다.

살면서 외로워지면 나는 아내와 함께 가까운 곳으로 여행을 다녀온다. 누군가의 눈치 안 보고 언제든 훌쩍 떠날 수 있는 달콤함 속에는 쓸쓸함도 있지만 이렇게 마음을 달랜다.

"이만하면 되었다. 그래, 이만하면……. 외로우면 외로운 대로, 가슴이 비면 비는 대로 살아가는 거지……."

재즈처럼
살 수 있다면

가끔 재즈처럼 살아 가면 좋겠다는 생각을 한다.

기본은 있되 틀에 얽매이지 않는 삶.

그 어떤 주제를 택하든 미래는 늘 열려 있으며

그때그때 열정과 감흥에 맞춰 살아가는 재즈 같은 삶.

재즈에 대해 잘 모르고 마니아도 아니지만 개인적으로 존 콜트레인을 좋아한다. 그의 색소폰 연주는 매우 명상적이어서 하루 종일 듣고 있노라면 마치 내가 명상을 하는 것 같다.

그는 인도 음악이나 철학에도 심취했는데, 재즈에서 해방되고 싶어했고 자신의 세계에서도 벗어나고 싶어했다. 재즈를 하면서도 재즈와 자신의 존재로부터 탈피하고 싶다는 그의 이루어질 수 없는 꿈이 나를 감동시킨다. 나 역시 주어진 일상을 잘 살려고 노력하다가도 이 세상의 틀을 벗어나 자유로워지고 싶어서 많은 궁리를 한다. 남의 말도 듣고 책도 많이 뒤적거리며 진지하게 답을 구해보는데 어느 순간 그렇게 구한 답이 나를 경직시킬 때가 있다. 한때 진리라 생각되었던 것이 굴레가 되어 다가올 때가 그런 경우다.

우리의 일상에서도 마찬가지다.

어제까지 통용되던 사회의 관습이 오늘은 구식이 되고, 자신의 삶을 지켜주던 가르침이 굴레가 되어 다가오기도 한다. 한때 빛이고 틀이던 것이 구속으로 다가온 순간, 그런 딱딱한 메시지와 의미에서 멀어지고 싶어진다. '또 변할 텐데' 하는 생각이 들기 때문이다. 그래서 가끔 재즈처럼 살아가면 좋겠다는 생각을 한다. 기본은 있되 틀에 얽매이지 않는 삶, 그 어떤 주제를 택하든 미래는 늘 열려 있으며 그때그때 열정과 감흥에 맞춰 살아가는 재즈 같은 삶. 재즈야말로 음악 다 해본 사람이 하는 것이라고 하니 쉽지 않겠지만 그렇게 살고 싶다.

그러면 이 삶에 대한
　　　　두려움,
　　　　　고뇌,
　　　　　　허망함,
　　　　　　　불안함,
　　　　　　　　기쁨,
　　　　　　　즐거움,
　　　　　　충만함,
　　　　　평화,
　　　　자유……

모든 것을 음계로 삼아 내 영혼과 몸으로 순간순간을 연주할 텐데.

가슴이 답답하고 혼란스러울 때 재즈 연주를 듣다 보면 잠시 동안이지만 기분이 편안해지고 너그러워진다. 이것이 바로 불가능을 꿈꾸는 예술가의 처절한 노력에서 나오는 예술의 힘이리라.

당신의 터닝
포인트는 언제인가?

오래전의 일이다. 그 당시 잘나가던 증권회사에 다니던 고등학교 동창생에게서 만나자는 연락이 왔다.

"나 직장 그만두어야겠다."

친구는 착찹한 표정을 지으며 그렇게 말했다.

"왜?"

"더 이상은 못 참겠어."

"직장생활이 다 그런것 아냐?"

"그래도 난 이 일이 싫어."

내가 봐도 그 직장은 그의 적성에 맞지 않아 보였다.

"음, 어쩌면 지금이 네 인생의 터닝 포인트인지도 모르겠다. 그만둬."

결국 그 친구는 직장을 그만둔 후 대학원에 진학했고 공부를 계속해서 교수가 되었다. 그 과정에서도 몇 번의 터닝 포인트가 있었다. 살다 보면 누구나 몇 차례 인생의 터닝 포인트를 맞게 된다. 현재의 삶이 죽을 때까지 그대로 이어지는 경우는 드물다. 타의에 의해서든 자의에 의해서든 전환 시점이 생기는데 그 순간이 왔을 때에는 과감하게 결정하고 앞으로 나가야 한다.

나는 주로 여행을 다니면서 그런 시점에 있는 사람들을 많이 보았다. 20대 중반의 한 여성은 남자친구의 배신으로 실연을 당한 후 더 이상 한국에 있을 수 없어 떠났다고 했다. 번듯한 직장에 다녔지만 상처가 너무 컸던 그녀는 다 버리고 새로운 인생을 살고 싶었다. 그래서 그동안 번 돈을 다 털어서 호주로 갔다. 염세적인 도피는 아니었다. 1년간 어학연수라는 목적도 있었지만, 무엇보다 부모에게서 독립해 낯선 곳에서 새로운 삶을 살고 싶은 열망이 컸다.

그런데 그녀는 여전히 익숙한 것에 대한 집착이 강했다. 이것저것 챙긴 짐이 엄청나게 많았으며 스물다섯의 나이임에도 불구하고 어렸을 때부터 안고 잤던 테디 베어 인형을 갖고 가기도 했다. 온갖 한국 음식들은 물론 참기름 1킬로그램짜리 통까지 가지고 갈 정도였다. 완벽주의자인 그녀는 호주에서 여행을 할 때도 쓰지 않을 물건들을 한 트렁크씩 들고 다녀서 여행보다도 짐을 어디다 맡길까가 늘 고민이었다고 한다.

어쨌든 우여곡절이 있었으나 열심히 공부했고 거기서 좋은 친구들도 사귀었다. 한국이 미국 옆에 있는 줄 아는 일본인 룸메이트로부터 충격을 받기도 했지만, 곧 마음을 터놓는 좋은 친구가 되었고 그런 가운데 과거를 서서히 잊을 수 있었다. 어느 날은 시드니 시내에 있는 학교와 집 사이를 오가는 배에서 파란 하늘을 올려다보며 '내가 선택한 길에 서 있다'는 만족감에 강렬한 기쁨을 느꼈다. 통장 잔고는 비어가고 돌아가서 무엇을 해야 할지도 막막했지만 그런 자신이 하나도 부끄럽지 않았다. 그녀는 본다이 비치

에서 혼자 배낭을 베고 누워 해변을 바라보며 한없는 자유를 느꼈
고 눈물을 흘렸다고 했다.

1년 동안의 호주 생활을 마친 후 돌아온 그녀는 변했다. 모든 게
자기중심적이었고 물건 욕심이 많았으며 우물 안 개구리처럼 살
던 그녀는 짐을 많이 챙기는 습관부터 버렸다. 물건 욕심이 많아
지면 여행도 삶도 피곤해진다는 것을 깨달았기 때문에 늙어서는
트렁크 두 개에 들어갈 정도의 간소한 물건만 두고 살아가고 싶다
고 했다. 그리고 그녀는 어머니가 해주는 밥 한 끼, 반찬 하나도
맛있게 먹었고 작은 일에도 감사했다. 그리고 과거의 상처를 딛고
당당하게 자신의 삶을 살아가기 시작했다.

사실 호주에 있다 돌아왔다고 해서 상황이 달라진 것은 아무것도
없었다. 다시 들어간 직장에서는 갈등과 고민을 겪었고 앞으로의
진로 문제, 집안 문제 등으로 겪는 힘겨움도 있었다. 그러나 자신
을 책임지며 혼자 살아본 경험으로 자신의 세계를 찾은 그녀는 쉽
게 좌절하지 않았다. 살면서 자신의 뜻대로 '저지른' 경험이 있기
에 앞날이 두렵지 않다. 삶이란 그렇게 부딪히며 헤쳐나가는 것임
을 알았기 때문이다. 남들이 다 가는 궤도 안에서 살 때는 그 길을
벗어나면 큰일 날 줄 알았지만, 그곳을 벗어나 다른 세상에서 자
기 식대로 살아보니 세상에는 한 가지 길만 있는 게 아니라 수많
은 길이 있으며 대로가 아닌 작은 길, 휘어진 길 안에서도 즐거운

삶을 찾을 수 있다는 자신감을 갖게 된 것이다.

그녀는 한국에서 이렇게 살아가다 언젠가 인생의 전환점이 필요한 때가 오면 또 '저지를' 각오를 하고 있다. 인생이란 그렇게 열심히 살다가 가면 되는 것 아닌가라는 생각으로 씩씩하게 잘 살아가고 있다.

그런가 하면, 운동권 출신으로 감옥에도 가보았다는 어떤 남자는 인도 여행에서 삶의 전환점을 찾았다. 인도를 유랑하다가 반려자를 만났고, 지금은 그 반려자와 함께 여러 권의 여행 가이드북을 쓰면서 살아가고 있다. 앞날은 여전히 불투명하고 넘어야 할 산들이 계속 있겠지만 지금처럼 살아가면 된다는 신념을 갖고 있다. 이것은 젊은 시절 궤도를 벗어난 삶을 살아본 데에서 오는 자신감이 아닐까 싶다.

30대 중반이나 40대 초반에 터닝 포인트로 여행을 떠나는 이들도 있다. 직장에 잘 다니던 이들이 부모의 반대와 걱정을 뒤로하고 유럽으로, 동남아로 떠날 때 그 고민은 얼마나 심했을까? 그러나 들려오는 소식은 만족스럽게 살고 있고 즐겁게 여행하고 있다는 것이었다. 성격이 잘 안 맞는 룸메이트를 만나 티격태격하기도 하고, 좋은 현지인들을 만나 아름다운 인연도 맺으면서 자신의 삶을 가꿔나가고 있다.

우리 사회에는 이런 이들이 수없이 많아졌다. 예전 같으면 직장 잘 얻어서 안정되게 살아가는 게 목적이었다면 이제는 단순한 삶의 유지가 아니라 진정한 내 인생, 그리고 기쁜 삶을 살고 싶다는 열망에 자신을 던지는 것이다. 나 역시 그런 이유로 떠났고 몇 차례 터닝 포인트를 맞았다. 30대 초반에는 무작정 떠나 돌아다니는 것에 인생을 걸었고 40대 초반에는 글쓰기에 온 힘을 다 쏟았다. 그리고 다시 터닝 포인트가 다가오고 있다. 이것을 어떻게 치고 나갈까 궁리하면서 새로운 목표를 정하고 저지르는 것이 인생의 묘미라고 생각한다.

여행으로 인생의 터닝 포인트를 계획하는 사람이 있다면, 이런 말을 해주고 싶다. 그 여행이 인생의 모든 것을 해결해주지는 않는다. 삶의 고민은 계속될 것이다. 그러나 터닝 포인트를 받아들이고 힘차게 앞으로 나아가는 사람들은 난관을 이겨낼 능력을 갖게 된다. 만약 그런 순간이 운명처럼 다가왔다면 과감하게 받아들여야 한다. 계산은 필요하지만, 열정이 앞서야 한다. 그 열정으로 밀고 나간다면 터닝 포인트는 자신의 삶을 보람차게 만드는 귀한 순간이 된다.

그런 순간들이 없다면 인생이 너무 지루하지 않은가?

당신의 터닝 포인트는 언제인가?

인생의 봄 여름 가을 겨울

사람의 삶에는 사계절이 있다. 봄 여름 가을 겨울. 봄은 아무래도 10대가 아닐까? 단단한 땅을 뚫고 나와 하늘을 보려니 상처도 많이 받고 반항도 많이 한다. 하지만 파릇한 싹을 틔운 후 바라보는 파란 하늘과 드넓은 대지는 희망으로 넘실거린다. 세상은 여백으로 가득한 가능성의 세계다.

20대는 부모의 품을 서서히 벗어나 지금까지 금기시되던 것들을 실현해보는 때다. 울타리를 뛰어넘는 짜릿함이 있고 비 온 뒤의 대나무처럼 모든 게 쑥쑥 자란다. 존경할 사람도 많고 목표도 거대하며 욕심 또한 많다.

30대는 일생에서 가장 빛나는 시절이 아닐까? 재능은 실현되고 감수성이 풍부하고 예지가 번득이며 행동은 패기만만하다. 돈과 명예와 권력의 맛을 보는 것도 이때다. 중심에 서서 남의 시선을 받는다는 것이 어떤 것인지 알게 되고 동시에 소외감도 경험한다. 세상을 관념이 아닌 피부로 느끼기 시작한다. 자신보다 나이 든 사람 중 무능한 이들은 우습게 보이고 뒤따라오는 후배에게는 폼도 잡고 싶어진다.

세상에 대해 딴지를 걸고 싶은 생각이 드는 것도 이 시기일 것이다. 생각과 열정이 있어 뭔가를 주장하고 싶어진다. 피가 뜨겁고 힘이 넘치기에 올바르지 않다고 생각되면 나서서 고치고 싶다. 그만큼 세상에 대한 애정이 있다는 것이다.

또 패배한 것처럼 보이거나 스스로 세상을 거부한 것처럼 보이는 사람도 속 깊은 곳에서는 자신을 패배자로 인정하지 않는다. 그 거부하는 몸짓 속에는 세상을 내려다보는 패기가 숨어 있다. 이들에게 세상은 여전히 가능성이 많은 곳이다. 자신의 재능에 대한 깊은 신뢰가 아직 상실되지 않았기 때문이다. 세상의 부질없는 것들을 다 버리고 자신에게 중요한 가치를 찾으려는 생각도 이때 커지는 것 같다. 그만큼 독선과 자기 세계에 갇혀 편협해질 위험도 크지만, 자신의 생각과 가치관을 마음껏 펼치고 싶은 시절이다.

40대부터는 호통 치는 사람들이 많아진다. 뱃살 나오는 만큼 뱃심도 생기고 지식과 경험도 많아지기 때문이다. 잘나가는 사람은 잘난 대로, 안 풀리는 사람은 안 풀린 대로 '세상이 이렇게 돌아가면 안 되는데!' 하는 생각으로 호통을 친다. 내 멋대로 하고 싶은 방자함도 생긴다. 아저씨, 아줌마들이 주책없어지는 것도 이때부터가 아닐까? 그리고 자꾸 '왕년에……'를 들먹이며 자신의 개인적, 주관적 경험을 일반화하고 남도 가르치고 싶어한다.

그리고 세상의 허구를 꿰뚫어본다. 그 허구 속에서 부와 명예를 거머쥐는 이들도 생기고, 그런 자들을 보며 '결국 세상이 이겼나?'라는 생각에 분노하고 냉소하기도 한다. 세상에 욕을 퍼부으면서도 은근히 돈이 그리워지는 것도 이때가 아닐까? 돈 없는 자본주의 현실은 너무 차갑고 춥고 배고프기 때문이다. 또 탐미적으로 변한다고나 할까? 맛있는 음식을 탐하고 관능적 쾌락을 탐하기도 한다.

그런가 하면, 헛것 같은 세상에 대한 회의로부터 새로운 삶에 대한 가능성의 영역을 모색하는 사람도 있다. 나이 먹은 만큼 타인의 부족함에 대해 너그러워지고 한편으로는 자신을 다잡는다. 앞서 간 이들이 대단해 보이고 뒤에서 올라오는 파릇파릇한 후배들이 부러워진다. 자신의 한계에 겸허해지면서 익은 벼처럼 고개를 수그리기 시작한다. 점점 마음의 안정을 찾으며 소박한 삶을 살고 싶다는 생각도 들고, 누가 건드리지 않으면 조용히 살고 싶은 생각도 든다. 그리고 나이 든다는 것이 꼭 나쁘지만은 않다는 사실을 알게 되면서 내면세계가 점점 깊고 넓어진다.

50대부터는 글쎄…… 모르겠다. 지나온 세월 속에서 계속 변해갔듯이 또 변하겠지만 흔히 말하는 대로 60대는 많이 배우나 적게 배우나 똑같고, 70대는 돈이 많으나 적으나 똑같고, 80대는 산에 있으나 집에 있으나 똑같다고 하니 결국 우리는 나이를 먹으면 비슷해지는 것이 아닐까.

누구나 잘난 것도 못난 것도 없이 인생의 계절을 차례대로 공평하게 겪으며 살아간다. 마지막에는 이 길을 걸어온 사람이나 저 길을 걸어온 사람이나 모두 종착점에서 만난다.

사는 데 너무 노심초사하지 말자. 미리부터 긴 인생을 살피고 앞날을 걱정하면 정작 중요한 것을 놓칠 수 있다. 그때그때 닥쳐오는 어려움과 고민을 해결하면서 계절 따라 옷을 갈아입듯 겸허하게 자연의 순리를 따른다면 삶이란 생각보다 쉬운 과정인지도 모른다. 바르게 살도록 노력하되 '무엇이 바른 것인가' 는 하늘에 맡기고, '바른 것을 궁리하는 일' 은 사람의 일로 생각하며 노력한다면 잘 살지 못할 까닭이 없다.

나에게는 꿈이 많지

나의 꿈은 늘 여행하는 삶이었다. 그러나 지금은 다양해졌다. 그렇다고 세상이 알아주는 여행 작가가 되는 것은 아니고, 원 없이 돈 많이 벌어 사람들의 부러움을 사고 싶은 것은 더욱 아니며, 자식을 많이 낳아 가문의 번성을 원하는 것도 역시 아니다.

나는 만 년 혹은 100만 년, 혹은 1000만 년, 1억 년, 10억 년 후에 인간은 사라질 것이라 믿고 있다. 한때 번성하던 공룡이 그러했듯이. 결국 모든 게 살아생전의 일이다.

언제부턴가 나의 큰 꿈은 사소해졌고 분화되었다. 잘게 조각난 미세한 분말처럼 공중에 둥둥 떠다닌다.

굳이 나열한다면 이렇다. 매일 꽃이나 나무 한 그루 심기, 날씨 좋은 날 강변에서 자전거 타기, 하루 종일 아무 생각 없이 걷기, 대학 캠퍼스 벤치에 누워 햇빛 쬐기, 가끔 점심으로 베이글에 카푸치노 마시며 하굣길의 초등학생들 바라보기, 방에서 뒹굴거리며 멜랑콜리한 음악 듣기, 한 달이고 두 달이고 사람 안 만나고 고독하게 지내기, 고독에 지쳤을 때 불러낼 친구 두세 사람 만들기, 하루 종일 굶으며 허기 맛보기, 길을 걷다가 보기 싫은 사람과 마주치지 않기.

문득 떠나고 싶으면 아무 준비 없이 공항으로 달려가 비행기 타기, 갑자기 달라진 낯선 시공 속에서 방랑하기, 외국의 어느 거리에 앉아 지나가는 사람들 구경하기, 우연히 마주친 콘서트 장에서 낯선 음악에 빠지기, 지나가는 이국의 여인들과 눈 마주치기, 그 눈빛에 감전되어 가슴 설레며 이런저런 상상하기.

전 세계의 모든 학문을 섭렵하는 것, 아무도 공부하지 않는 소수 민족 언어 공부하는 것, 며칠 동안 잠 안 자고 글 쓰는 것, 쓴 책이 베스트셀러가 되는 것, 그 불가능성 앞에서 쓸쓸하게 아내와 소주 잔 기울이는 것, 매일 매일 일거리 끊이지 않아 행복하게 글 쓰는 것, 우연히 좋은 사진 찍는 것, 그 사진을 꽤 괜찮은 돈 받고 파는 것, 작은 빵집을 내고 아침마다 맛있는 빵 구워내는 것, 로또 2등 당첨되는 것, 친구들에게 가끔 술과 밥을 살 수 있을 정도의 돈을 늘 버는 것, 죽 한 그릇 먹으면서도 감사하는 것, 때때로 좋은 식당에서 폼 나게 먹는 것, 늙어서 나무처럼 햇빛만 쬐어도 행복한 것, 아침에 해 뜨면 벌떡 일어나 하루 종일 걷고 저녁이면 집에 들어와 통나무 쓰러지듯 자는 것, 언젠가 아내와 함께 5년이고 10년이고 세상 유랑하는 것, 죽기 전까지도 매일 걸을 수 있는 것, 화장한 내 몸의 뼛가루가 하늘 높이 날아가 흔적조차 남지 않는 것.

어린 시절 컸던 나의 꿈은 세월 속에서 이렇게 작아져버렸다. 큰 인물이 되길 그토록 바랐던 우리 아버지가 보면 한심한 녀석이라고 욕하겠지만 나는 어쩔 수가 없다.

내 꿈은 당장 이룰 수 있는 꿈도 많고 결코 이루지 못할 꿈도 있다. 내 꿈은 소박하기도 하고 허무맹랑하기도 하다. 내 꿈은 꿈이 아닌 공상 같은 것인지도 모른다. 그러나 나에겐 이런 작은 꿈들이 위안이 된다.

나의 작은 꿈들이여, 잘게 조각난 작은 화두들이여…… 이제 너희가 지친 나를 이끌어다오. 아무것도 없는 벌거벗은 몸으로 기다릴 테니 그대들이 나를 거두어다오. 나는 진정 비눗방울처럼 하늘을 둥둥 떠다니고 싶네. 가만히 앉아서 세상을 날아다니고 싶네.

We need to live bravely.

05

용감하게
살아야 해

그대 끝없는 여행길과 삶을 사랑하자.
온 몸과 마음을 다 불태우자.
나는 불타는 영혼이 되고 싶어.

배움은 나의 힘

욕망을 줄이자 사소한 일상에 깃든 신비가 보였다. 모든 게 감사했고 평화로웠다. 그러나 삶은 간단하지 않았다. 언제부턴가 잦은 병치레를 하는 어머니를 병원에 모시고 다니면서 나는 우울해져 갔다. 살아 있는 생명은 모두 몰락한다는 것을 당연히 알고 있었지만, 막상 겪는 과정은 슬프고 고통스러웠다. 내 앞날도, 앞으로 먹고 살 일도 모두 막막해보였다. 일상의 평화는 그렇게 허약했다. 돈도 문제였지만 그것보다도 생로병사의 고통 앞에서는 속수무책이었다. 현실은 눈을 감는다고 사라지는 게 아니었지만 나는 어디론가 도피하고 싶었다.

30대 초반의 그 시절로 돌아갈 수만 있다면 얼마나 좋을까? 다시 방랑자가 되어 세상 일 모두 다 잊고 떠돌 수만 있다면 얼마나 좋을까?

 그러나 다시는 돌아갈 수 없는 시간. 어머니와 아내를 둔 사람으로서 그럴 수도 없었고 떠난다고 해결될 문제들도 아니었다. 어떻게든 나는 이 현실 속에서 살아야 할 운명이었다.

어떻게 해결해야 하나? 돈을 단번에 벌기도 힘들지만, 돈을 번다 해도 나는 만족할 수 없을 것 같았다. 삶의 의욕도, 여행과 글에 대한 열망도 사그라지고 있었다. 오랜 세월 동안 여행기를 쓰며 에너지가 소진된 듯 했고 늘 비슷한 경험과 글의 굴레 속에 머문 것만 같았다. 뭔가 터닝 포인트가 필요한 시점이 다가왔던 것이다. 긴 고민 끝에 당장 급한 밥벌이보다도 멀리 돌아가기로 했다. 우선 나 자신을 변화시키기로 했다. 현실을 바꿀 수 없다면 내가 먼저 바뀌어야 했고, 그것을 위해 '배움의 길'을 택했다. 막막한 길이었지만 '급할수록 돌아가라'는 속담을 떠올리면서.

학자금 융자를 받아서 나이 50에 대학원에 들어가 사회학을 공부했다. 석사 과정이었는데 모든 게 힘들었다. 책의 글씨가 작아 읽기가 힘들었고 영어 원서는 번역을 해도 사회학의 기본 지식이 약한 나로서는 쉽게 이해가 안 되었다. 거기다 눈도 아프고 뇌도 저리고 등짝이 결려서 하루하루가 힘들었다. 그런데 박사 학위 과정에 있는 학생들은 수업 시간에 교수님과 토론을 하니 그걸 보는 나의 좌절감은 이루 말할 수가 없었다. 학위가 목적이었다면 포기했을 것이다. 그 나이에 석사 학위 하나 딴다고 나에게 무슨 득이 될 것이며 설령 박사 학위를 딴 들 학문의 세계로 나갈 입장도 아니었다.

그러나 나는 포기할 수 없었다. 나를 알고 싶었다. 나는 왜 그렇게 떠나고 싶어 했고, 돌아와서도 구름 위에 떠 있는 것처럼 방황하고 있을까? 나는 왜 남들처럼 이 땅에 뿌리 내리지 못할까? 내가 앞으로 갈 길은?

이건 나의 문제이면서 동시에 사회적 현상으로 보였다. 그런 이들이 주변에서 점점 늘어나고 있었는데 공부를 하면서 모더니티 사회, 포스트 모더니티 사회, 노마디즘, 상상력의 세계를 들여다보니, 나의 행위는 인간이 갖고 있는 본성과 함께 숨 막힐 것 같은 사회에 대한 반항이라는 것을 알았다. 한국 여행자들의 의식과 여행기를 분석하면서 〈상상력의 관점에서 본 노마디즘〉이란 논문을 쓰는 가운데 나는 그것을 확신했다.

그렇게 나를 알아가는 기쁨에 푹 빠져 있었으나 그것은 오래 가지 않았다. 논문을 쓰기 시작하던 무렵 어머니의 대장암이 발견된 것이다. 이미 많이 진행된 상태였다. 눈앞이 캄캄해지면서 모든 것을 포기하고 싶었지만 끝까지 하기로 결심했다. 하루하루 아파하는 어머니를 간호하고 끼니 챙겨 드리며 논문을 쓰던 시간은 괴로웠지만 이를 악물고 했다. 논문을 끝내고 나서 더 열심히 살아보려고 다짐했지만 아뿔싸, 어머니는 생각보다 빨리 저 세상으로 가셨다. 그래도 몇 년은 더 사실 줄 알았는데 암 선고 받은 후, 1년 만에 훌쩍 가 버리신 것이다. 예상은 했지만 평생 죽도록 고생하고 자식 때문에 마음 아파하던 어머니가 가시고 나니 견딜 수가 없었다. 그 상태에서 여행이 뭐가 좋으며, 무슨 삶이 즐겁겠는가? 수많은 죄책감과 애통함 속에서 괴로워했다. 그러다 나의 부모님이 이런 허약한 아들을 원하지는 않겠지, 그분들의 희생과 아픔에 보답하는 길은 내가 더 용감하게 잘 사는 것이겠지라고 자기 암시를 하며 힘을 냈다.

그후 나는 고통, 고난, 허망함이 지뢰처럼 곳곳에 깔려 있는 삶이라는 전쟁터를 용감하게 헤쳐 나오며 주문처럼 이런 말을 스스로에게 했다.

어차피 생은 간다. 우리는 그냥 살다 가는 것이다. 그럴수록 더욱 용감하게 살아야 한다. 어떤 고난과 슬픔이 닥쳐와도 그 삶에 의미 부여를 하면서, 스스로 힘을 불러내면서 용감하게 살아야 한다.

나를 다시 용감하게 만든 것은 배움이었다. 배움은 나의 힘이었다. 세상은 여전히 혼란스럽고 삶도 힘들어 보이지만 해석하기 나름이다. 30대 때 내 삶의 울타리를 넘어서게 한 용감성이 열정에서 왔다면, 50대 때 내 삶의 한계를 극복하게 한 용감성은 배움에서 왔다. 이제 배움이 나를 끌고 간다.

꽃피는 봄날은
위대하더라

꽃피는 봄이 오면 나는 우울하다.

3년 전 봄, 갑자기 어머니가 쓰러지며 암이 발견되었다. 그후 수술을 안 한 채 집에서 고통 완화치료를 받으며 떠나던 날을 기다렸다. 그 시절 어머니의 고통과 절망을 대신해 줄 수 없었던 나는 하루하루 무너졌다.

평생을 고생하고, 자식을 위해 헌신하더니 이렇게 가시는건가?

그래도 많이 웃고 많이 안아 드렸다. 그 시간들이 몇 년은 갈 줄 알았다. 그런데 1년이 지날 무렵, 또 갑자기 쓰러진 어머니는 2주일 후 새처럼 훌쩍 날아 가셨다. 그래도 암 환자 치고는 고통 덜 받고 가셨다는 간호사의 위로를 들으며 하늘나라 가셨으리라고 믿고 싶었다.

그런데 이 땅에 남은 나는 꽃 피는 봄이 되면 길 잃은 짐승이 된다. 꽃이 흐드러지게 피어나고 꽃잎이 바람에 흩날리면 나는 실성한 여인처럼 무작정 길을 걷는다. 죄책감과 허전함을 가슴에 안고 꽃냄새에 취해 산 너머, 강 건너, 발바닥이 헤지고 닳아 없어질 때까지 걷는다.

그러나 봄날은 위대하더라.

봄날 아래서 세상은 움트는 새싹이 되고,

활짝 핀 벚꽃이 되고, 날아오르는 새가 되더라.

흩날리는 꽃잎 덮인 길은 어느샌가 천국이 되더라.

그때, 나는 알았지.
세상은 누군가의 꿈, 우리는 꿈속의 이야기.

이야기가 이야기를 생각하며 걸어오는 길,
봄날이 가고 있었다.

나를 쓱쓱 지우고 싶은 봄날,
그때 세상은 천국이더라.
어머니는 덧없는 이야기였지만 또한 영원불멸하는 이야기더라.

하늘이 주는
감사한 선물, 병

어머니가 돌아가신 후 나는 견딜 수가 없었다. 돌아가시기 전의 모습들이 머리를 쿡쿡 쑤셔오고, 회한들이 가슴을 헤집어서 맨정신으로는 있을 수가 없었다. 어머니의 환청도 들렸다.

그동안 여행합네, 글을 쓰네 하면서 무던히도 부모 속을 썩였던 나이기에 그랬다. 원래 불효자가 돌아가신 후, 더 괴로워 하는 법. 나는 낮에도 밤에도 술을 마시며 취해 지냈다. 그렇게 두 달 정도 보내다 미친 듯이 일하기로 했다. 우선 나의 첫 여행지였던 타이완으로 여행을 떠났다. 약 한 달 동안 뙤약볕 밑을 미친듯이 걷다가 일사병에 걸려 토하기까지 했지만 돌아와 여행기를 써냈다. 그때부터 갑자기 일거리들도 많이 생겼다. 방송에, 강의에 닥치는 대로 일을 했고 남는 시간에도 부지런히 쓰고 읽으며 나를 혹사시켰다. 그렇게 6개월 정도 지나자 드디어 병이 났다.

며칠 동안 계속 어지럽고 토하고 기진맥진했다. 온몸에서 기가 다 빠져 나간 것 같았다. 귓속에서는 예전의 PC 통신 접속할 때 들리는 삐리리리리 소리가 심하게 들려왔다. 예전부터 약간의 이명은 늘 달고 살았기에 피곤해서 그런가 보다 했다. 병원에 가보니 갑상선 호르몬이 아니라 그것을 자극시켜주는 호르몬에 이상이 있다고 했다. 약 먹지 말고 조금 쉬면서 지켜보자는 의사의 말을 따라 1, 2개월 조심하고 나니 일상생활은 할 수 있었다. 그러나 늘 힘이 달리고 강의나 방송을 끝내고 나면 휘청거렸다. 그러면서도 나는 충분히 쉬거나 놀지 않았다. 경제적인 절박함도 있었지만 어머니의 고통 받던 모습과 애통함을 잊고 싶어 정신없이 나를 혹사시켰다.

그러다 1년 만에 다시 쓰러졌다. 푹 쉬면 낫겠지 하면서 한두달을 누워서 쉬어도 상태는 좋아지지 않았다. 세상이 빙빙 돌고 종종 구토증이 생기는데 이러다 죽는 거 아닌가 싶었다. 겁이 나서 이비인후과에 가서 검사를 받아 보니 '이석증'이었다. 평형감각을 유지시켜주는 모래알이 떨어져 나와 세반고리관 안을 떠다녀 어지럽다는 것. 병원에서 가르쳐 준 간단한 물리치료를 하면서 조금씩 나아지기는 했지만 여전히 조금만 무리를 하면 또 빙빙 어지러웠다. 나는 간신히 1주일에 한 번씩 강의하면서 틈만 나면 누웠고 노인처럼 천천히 산책을 했다. 암담했다. 1, 2년 동안 체력이 바닥난 상태에서 이러고 있으니 앞으로 어떻게 살아갈 것인가? 모든 게 자신 없었다. 그러면서도 신경이 날카로워진 나는 온갖 세상 돌아가는 일에 핏대를 냈다.

지인 얘기에 의하면 주변에서 부모 병간호 하던 사람이 대개 부모 돌아가시고 나서 1, 2년 후에 병을 앓는다는데, 그동안 받은 스트레스와 과로가 겹치면서 발병한 것 같았다. 그저 쉬면 낫겠지 하면서 간신히 몇 개월을 보내던 중, 또 갑자기 구토증이 심하게 생겨서 이번에는 한의원에 가 보았다.

"너무 머리 쓰고, 신경 쓰고, 걱정 많으면 기가 머리로 올라와 그런 문제가 생겨요. 침 좀 맞고, 한약 먹고 하면 좋아질 거에요. 그리고 머리의 열을 가라앉히기 위해서 많이 걸으세요."

한의사 말대로 두 달 정도 침을 맞고 약을 먹으니 많이 좋아졌지만 여전히 어지러운 기운, 허약한 체력은 쉽게 가시지 않았다. 그러던 와중에 내 나름대로의 방법을 찾아냈다. 약을 끊고 나서 우선 잘 먹기로 했다. 살이 찔까봐 늘 절식하며 살았는데 이번에는 충분히 먹고, 골고루 영양 섭취를 해가면서 운동량을 늘렸으며 컴퓨터 앞에 앉아 있는 시간을 줄였다. 그렇게 하루에 두 시간씩 걷고, 땀을 빼고, 끼니 거르지 않으며 술 금하면서 몇 달을 사니 상태가 매우 좋아졌다.

그 과정에서 나는 마음을 내려놓았다. 과거의 고통도, 미래의 불안함도, 생의 허망함도, 세상에 대한 걱정도 모두 다 내려놓고 싶었다. 용감하게 사는 것도 좋고 세상 걱정하는 것도 좋지만, 몸과 마음의 호흡이 짧으면 사람은 팔딱팔딱 뛰다가 병에 걸리게 되는 법. 결국 호흡 짧게, 성급하게 살아온 내가 벌을 받은 것이다.

천천히, 길게, 호흡할 것.

용감하게 살면서도 나는 종종 주문처럼 이말을 외며 속도 조절을 한다. 그리고 병이야말로 하늘이 나에게 준 감사한 선물이라는 생각을 한다.

나는 체념하면서 용감해져 갔다

살다보면 체념해야만 할 때가 있다.

나는 한때 '안 되면 되게 하라'는 정신으로 살아왔다. 그러나 언제부턴가 '안 되면 할 수 없다'라는 생각으로 바뀌었다. 어차피 인간은 한계를 가진 존재, 어떻게 모든 결과가 자기 뜻대로 되겠는가?

또 세상 사람들이 나와 같기를 바라지 말며, 나처럼 생각하지 않는다고 짜증내지 않기로 했다. 사람은 그저 각자 생긴 대로 살아가는 것이다. 사람들은 자신이 주체적이라고 착각하지만 천만에, 그저 아바타 같은 존재일 뿐. 사람의 성격과 의식은 부모로부터 전해진 DNA, 사회 환경, 집단 무의식 혹은 상상계가 발현한 아바타 같은 것일 뿐. 그러니 아바타들이 살아가는 게임 같은 세상, 매트릭스 같은 세상에서 뭘 그리 열을 낼 필요가 있을까? 어차피 세상은 내 생각, 내 뜻과는 다르게 돌아가는 게 당연한 것. 나 자신을 포기하고 막 살자는 얘기가 아니라 나의 한계, 세상의 혼란, 인간의 허약함, 생의 허무함, 생로병사의 고통, 미래의 불투명함을 '있는 그대로' 인정하고, 모두 껴안은 채 용감하게 뚜벅뚜벅 전진하자는 얘기다.

삶은 막 살기에는 너무도 소중하지만, 또한 너무 심각하게 살며 마음 졸일 만큼 대단한 것도 아니었다. 자신의 한계를 인정하고, 그 안에서 잘 할 수 있는 것을 찾아낸 후, 나만의 멋진 그림 하나 그리고 가면 그뿐 아닌가? 뭐가 두려운가? 뭘 더 원하는가?
나는 그렇게 체념하면서 더욱 용감해져 갔다.

이것이 생이다

태풍 볼라벤이 왔을 때 아파트 관리실에서 이른 아침부터 방송을
했다.

"창문이 파손될 수도 있으니 젖은 신문지나 테이프를 붙이시기
바랍니다."

이른 아침부터 낡은 아파트 창문이 덜그럭거리니 덜컥 겁이 났다.
허겁지겁 창문에 신문지를 테이프로 붙인 후 스프레이로 물을 계
속 뿌렸는데 동풍이 불어서 다행이지 남풍이 불어 창문이 바람을
제대로 맞았다면 모든 게 소용없었을 것이다. 그런데 문제는 내
손이 아파 죽겠다는 것. 젖은 신문지가 계속 말라 스프레이로 물
을 뿌리다 보니 보통 아픈 게 아니었다. 그러다 문득 창밖의 나무
가 눈에 띄었다.

바람 길목에서 하루 종일 시달리는 쟤는 얼마나 아플까?

사나운 바람 속에서 죽을 힘을 다해 버티는 모습을 하루 종일 보
고 있자니 저녁나절에는 가슴이 뭉클해져 왔다. 오후 6시쯤 아파
트 단지를 돌아보니 난리가 났다. 아파트 단지 안에 있는 농구장
옆의 거대한 나무가 쓰러져서 농구장 철제 울타리까지 다 무너져
버렸다. 얼마나 바람이 셌던지 깊은 땅 속의 뿌리가 다 드러나 버
렸다. 자연재해 앞에서 살아 있는 것들이란 무력하기 짝이 없다.
뒤이어서 다른 태풍이 온다는데 만약 남풍이 불면 우리 집 창문은
다 박살이 날 것이다. 그런데 여전히 씽씽거리는 바람을 맞으며

다들 죽을 힘을 다해 버티면서 살아내고 있다.

우주의 생명이 시작되었을 때부터.

그러니 살아있는 생명은 무조건 용감해야 한다.

걷다보니 불쑥 깡이 생겼다.

에이, 박살이 나면 나는 거지. 사는 게 다 그렇지. 언제는 불확실, 모호함, 불안, 위험 속에서 살아오지 않았나? 세상 만물 모든 게 다 이렇게 목숨 내놓고 아슬아슬하게 사는 거다. 너무 안락함을 바라면 사람이 자꾸 움츠러들고 겁쟁이가 된다. 이렇게 천둥, 번개 내려치는 비바람 속에서 단련되고, 강해질 때 더 삶의 열기가 솟구치는 거다.

집에 들어와 보니 창 옆의 나무는 여전히 정신이 없었다. 머리채를 붙잡힌 채 안 뽑히려고 용을 쓰는 여인처럼 보였다. 온 뿌리, 온 몸, 머리 등이 뒤틀리면서 안간 힘을 쓰는 모습이 안쓰럽다가 대단해 보였다.

힘내라 ! 키 큰 친구(인디언 말로 '나무' 라는 뜻). 그래, 버텨 내는 게 이기는 거다.

아파트 단지를 둘러 싼 '키 큰 친구' 들이 모두들 하루 종일 힘들게 버텨내고 있었다. 장엄했다.

그래, 이것이 생이다. 조그만 일 갖고 징징거리지 말아야 한다. 다들 죽을 힘을 다해 버티면서 살아내고 있다. 우주의 생명이 시작되었을 때부터. 그러니 살아있는 생명은 무조건 용감해야 한다.

험난한 세상에서는
더듬이를 줄여라

요즘 온갖 흉악스러운 일들이 일어나고 있다. 사람의 탈을 쓴 짐승들이 벌이는 범죄에 가슴이 막혀 온다. 또한 인터넷만 키면 보이는 온갖 주장들, 소문들. 특히 과열된 정치적 언행들. 한동안 이런 것들을 보다보면 호흡이 가빠지고 에너지가 빠져 나가는 것 같았다. 짜증도 나고 잠자리도 뒤숭숭했다. 그렇게 한동안 시달리다가 결론을 내렸다.

이 험난한 시대에는 몸과 마음을 웅크려야 한다.
세상의 공기와 접촉하는 표면적을 한없이 줄여야 한다.
잡다한 관심과 인연을 끊어라. 더듬이를 줄여라.
그게 네가 살 길이다.

우리의 뇌는 용량이 한정되어 있다. 요즘처럼 너무도 많은 정보와 주장에 노출되어 있을 때는 뇌를 보호해야 한다. 세상이 너무 빠르게 변하고 있기 때문이다. 가끔은 알아도 모른 척 하면서 살아야 한다.

줄타기 인생, 그걸 즐겨야지

사람은 아무리 잘난 체해 보았자 시공의 지배를 벗어날 수 없다. 가끔 그 틈을 통해 다른 세계를 엿볼 수는 있겠지만.

사람은 결국 자기 부모로부터 온 DNA, 가족, 마을, 나라, 지구라는 별의 환경에 영향을 받아 형성된 가치관과 세계관 그리고 자신이 속한 집단의 언어라는 장막에 갇혀 산다. 사람은 그저 그 환경에서 잠시 발현된 '그 무엇' 일 뿐, 물거품처럼 곧 사라질 존재.

그럼에도 불구하고 젊은 시절 나는 늘 그 굴레를 벗어나고 싶었다. 그 원심력이 나를 성장시켜왔고 용감하게 만들었다. 그러나 자신의 중심, 터전을 부정하는 것이 과하면 자칫 중심을 잃게 된다. 내가 그동안 방황이니 방랑이니 하는 말들을 종종 썼고 또 한때 그렇게 살아와서 아나키스트같은 분위기를 풍길지도 모르지만 천만에, 나는 여행하는 사람으로서 내 나라 여권이 없으면 천대받고, 아무데도 못가는 신세라는 것을 잘 알고 있다. 이것을 잊고 아나키스트인척, 세계 시민인 척 잘난 체하며 노마드니, 방랑이니, 방황이니 하면 한심한 위선자, 문약한 글쟁이가 되는 거지.

자기의 뿌리가 어디인지 모르고, 자기의 밥벌이가 어디서 이루어지는 줄 모른 채, 자기의 터전을 부정만 하고 멋진 이야기만 하면 그거야 말로 관념적, 허약한 인간이다. 실제로는 밥벌이를 위해서 노심초사 궁리하고 글 쓰면서.

그러나 또 너무 구심력이 강해서 중심을 향하고, 세속적인 가치를 추구하며 살다보면 어느 순간 숨 막히는 인간이 될 가능성도 많아진다.

내가 밥벌이에 전전긍긍하는 인간이 되려고 이런 길을 걸어왔나? 그건 아니지. 죽어도 아니지. 나는 자유 때문에 이 길을 택한 것이다. 그 모든 것으로부터의 자유.

그러나 자유는 쉽게 오지 않았다. 결국 구심력과 원심력 사이를 늘 오가며 줄타기를 하는 가운데 흘리는 땀, 긴장 속에서만 얼핏 자유가 보였다. 자유란 그저 내 마음대로 놀고, 먹고, 돌아다니는 게 자유가 아니었다. 그런 종류의 자유는 잠깐이었다. 그것은 세월 속에서 사람을 쉽게 타락시키거나 권태에 빠트렸다.

그러므로 내 인생은 줄타기 인생이다. 나는 내 삶의 터전에서 열심히 땀 흘리다 종종 훌훌 떠난다. 늘 기우뚱거리고 흔들리면서. 그때 여행과 삶은 짜릿한 줄타기가 된다. 자유란 그때 피어오른다. 나는 그런 아찔한 자유를 즐기는 여행자다.

321

나는 불타는 영혼이
되고 싶어

30대 초반부터 내 삶은 여행이었다. 항상 여행만 하면서 길에 있었다는 얘기가 아니다. 한때 세상 일 신경 쓰지 않고 마음껏 떠돌던 몇 년의 세월이 있었지만 늘 그렇게 떠돌 수는 없었다. 이 땅에 돌아와 밥벌이를 해야만 했다. 그런 내가 종종 초라하게 느껴졌다. 한때 멋지게 날던 새가 땅에 내려 앉아 빵 부스러기를 찾으러 다니는 모습은 무능력해 보였다.

한동안 어중간한 상태에서 좌절과 유혹도 느꼈다. 나도 세상 사람들이 추구하는 것을 뒤쫓아 가며 살아볼까? 돈도 벌고, 애도 낳고, 집도 큰 것으로 늘리는 재미에?

그러나 나는 좀 덜 먹고, 못 입고, 초라하게 살아도 자유롭게 살고 싶었다. 또한 여행은 좋을 때나 기쁠 때나, 힘들 때나 지겨울 때나 늘 내 가슴 한가운데 자리 잡은 화두 같은 것이었다.

그렇게 세상 속에 살면서, 또 세상 밖을 그리워하다보니 고민도 많았고 그걸 극복하기 위해 노력하다보니 축적된 게 많았다. 그걸 요즘 상상마당에서 여행작가, 여행칼럼니스트 강의를 통해 풀어내고 있다. 글의 테크닉보다도 여행과 글쓰기 과정을 인문사회학적인 관점으로 해석하는데 중점을 둔다. 강의 중에 '우리 시대의 여행이란' 주제 속에서 '왜 우리는 떠나고 싶어하는가'와 '돌아와서 어떻게 살아갈 것인가' 등을 다루기도 한다. 존재론적인 관점, 사회학적인 관점에서 우리 여행자들을 분석하고, 우리 시대의 특성인 모더니티(근대성), 포스트모더니티(탈근대성)의 특징에 비추어 본 우리의 삶, 여행 등에 대해서 얘기하는데 수강생들의 눈빛이 보통 초롱초롱한 게 아니다. 정말 한시도 내말을 놓치지 않고 듣는다.

적어도 여행을 좋아하는 사람이라면 누구나 그런 의문을 갖고 있지 않을까? 왜 우리는 떠나고 싶어하며 글로 나를 표현하고 싶을까? 나는 누구이며 앞으로 어떻게 살 것인가? 이 답답한 생활에서의 탈출구는?

어떤 수강생으로부터 전해들은 이야기이다. 내 강의가 아니라 다른 분야의 인문학 강의를 들으러 온 어떤 젊은 여자가 자기소개를 하며 이런 얘기를 했다고 한다.

"하루 종일 숨가쁜 직장 생활, 오늘도 내일도 똑같이 이어지는 생활을 하다가 잠자리에 들면, 내가 왜 이렇게 살고 있나 하는 생각에 답답하고 설움이 복받칩니다."

그 얘기 끝에 그만 울음을 터트렸다는 얘기를 전해 들으며 나도 가슴이 울컥했다. 나도 젊은 시절에 그랬었기에. 회사 구내식당에서 식판 하나 들고 창밖의 하늘을 내다보며 왜 그렇게 서럽던지. 지금 생각해보면 남들이 부러워하던 직장이었다. 그런데 왜 그랬을까? 매일매일 똑같은 생활, 내일도 오늘 같고, 모레도 오늘 같으며, 10년 후의 삶도 오늘 같을 것이라는 그 우울한 전망 때문이었다.

영혼이 질식당하는 것 같았다. 프랑스의 인류학자이며 사회학자인 질베르 뒤랑의 말처럼 인간의 영혼은 '알록달록' 한 것이다. 모든 인간은 다양한 특성을 갖고 다양한 꿈을 꾸며 다양한 재능을 갖고 있다. 그런데 우리는 딱딱한 구조 속에 들어가 조직이 정한 목표와 규율에 맞춰 획일적인 생활을 하게 된다. 그 직장이 나빠서라기보다는 조직이 원래 그렇기 때문이다.

숨막힐 것 같아서 나는 떠났고 들판을 걸었다. 한때 노마드니, 방랑이니, 방황이니 하면서 자유롭게 살았다. 그러나 세상일이란 비슷했다. 어디서 무슨 일을 하든, 오랜 세월이 흐르다보면 결국 다람쥐 쳇바퀴 안의 일이 된다. 처음에는 날아갈 것처럼 흥분했지만 그 여행길이 몇 년씩 오래 되거나 수없이 드나들다 보면 그것 또한 익숙한 궤도가 되었다.

이 상태에서 탈출할 수 있는 길은 무엇일까? 여행길에 있든 일상을 살아가든 우리 모두가 결국 부딪치는 이 장애물을 뛰어 넘는 방법은?

나는 그 길을 상상력의 세계에서 보았다. 그것이 회복되면서 나는 가슴이 열렸고 마음이 평화로워졌으며 더욱 용감해졌다.

나 어릴 적에 어머니가 장보러 가면 동생과 좁은 방에서 이불을 펴 놓고 우리는 상상 속에서 놀았다.

"여기는 바다야. 우리는 지금 난파 되었어. 저기 육지까지 헤엄쳐서 건너가야 해!"

여섯 살 먹은 나와 네 살 먹은 동생은 이불 위에서 허우적거리며 열심히 헤엄을 쳤다. 그 짜릿했던 순간을 지금도 기억한다. 그때 좁은 방도 우리들에겐 광대무변한 바다였고 나와 동생은 모험가 신드밧드였다. 세월이 훌쩍 흐른 지금 나는 다시 그 시절로 돌아가고 싶다.

물론 상상은 자칫하면 허약한 관념으로 추락한다. 한때 소박한 삶에 만족했던 내가 생로병사의 고통과 경제적인 고민 속에서 좌절하던 무렵 그걸 느꼈다. 그러므로 현실을 똑바로 보고 밥벌이를 더욱 치열하게 하며 용감하게 살아야 했다. 그러나 나를 용감하게 만든 것은 현실이 아니라, 현실을 넘어선 상상의 세계였다. 현실에만 눈을 고정시키고 생존만이 목표가 되면 결국 허망함만 남는다. 우린 모두 병들고 죽는 것이다. 이걸 피할 자 누가 있겠는가? 그러나 상상력의 세계를 회복할 때 무한한 세계가 열린다.

상상력은 단지 기발한 아이디어를 내는 능력을 말하지 않는다. 요즘은 상상력조차 비즈니스화 되는 시대다. 그러나 진정한 상상력은 기획되고, 관리되고, 고통받고, 쪼개지고, 상처받고, 소외당한 영혼이 무한의 세계와 접속하는 능력이다. 상상력의 세계는 거대한 무의식 세계이며, 상상력은 눈에 보이지 않는 세계를 보는 능

나는 영혼이다.
나는 무한한 세계가 잠시 발현한 그 무엇이다.
그 광대무변한 세계에 온 존재가 접속할 때
세상은 전쟁터를 넘어선 신나는 놀이터가 되고
삶은 유희로 다가온다.

력이며, 현실 너머의 현실을 그리는 능력이다. 나는 상상력의 세계에서 영원불멸의 존재를 느낀다. 나는 정신이다. 나는 영혼이다. 나는 무한한 세계가 잠시 발현한 그 무엇이다. 그 광대무변한 세계에 온 존재가 접속할 때 세상은 전쟁터를 넘어선 신나는 놀이터가 되고 삶은 유희로 다가온다.

그러나 거기까지 가는 길은 쉬운 길이 아니다. 게으르게 살아도 안 되고 너무 용감하게 살아도 안 된다. 치열하게 살다가도 가끔 세상을 다 잊고 빈둥거릴 줄 알아야 한다. 상상을 하고 놀다가도 치열하게 일할 줄 알아야 한다. 전진하다가도 머뭇거리며 자신을 돌아볼 줄 알아야 하고, 가끔은 불투명한 세계를 향해 배수진을 치고 돌진할 줄도 알아야 한다. 글을 쓰다가도 걸을 줄 알아야 하고, 걸으면서도 사유할 줄 알아야 한다. 먼 세상으로 떠날 줄 알아야 하되 가끔은 골방에 틀어 박혀 상상할 줄도 알아야 한다. 쫀쫀하게 여비를 계산하는 현실적 여행자가 되다가도 모든 것을 다 훌훌 털고 운명에 자신을 맡기는 방랑자도 되어야 한다.

중도의 길은 쉽지 않다. 그러나 그길은 늘 나를 걷게 만든다. 기댈 곳은 아무데도 없다. 다만 지평선 너머를 바라보며 끝없이 걷는 거다. 나에게 여행은 그런 수행의 길이다.

어디로 간들, 무슨 일을 당한들 염려하지 말라. 삶이란 그렇게 걷다가 다른 차원의 세계로 걸어 나가는 것. 무엇이 두려울까? 바람은 어디서 왔는지, 어디로 가는지 모르되 자유롭지 않은가?

그래, 끝없는 여행길과 삶을 사랑하자.
온몸과 마음을 다 불태우자.
나는 불타는 영혼이 되고 싶어.

낯선 여행길에서 우연히 만난다면

공항은 언제나 붐빈다. 하늘에선 비행기가 뜨고 땅에선 사람들이 어디론가 바삐 다닌다. 가끔 비행기를 기다리다가 붐비는 인파를 향해 나는 묻는다.

'너는 왜 떠나니?'

떠나는 이유야 저마다 다르겠지만 아마 가슴속에는 세상 그 무엇과도 바꿀 수 없는 소중한 선물들을 가득 담아올 것이다.

조금 더 먼저, 조금 더 오래 여행을 다니면서 나 역시 길 위에서 많은 것을 얻었다. 하나는 아름다운 추억이다. 추억을 주식처럼 팔 수 있다면 나는 세상에 남부럽지 않은 갑부가 될 것이다. 그러나 그것이 돈으로 환산되지 않더라도 나는 마음이 부자다. 몇 달 동안 밤잠을 자지 않고 하루 종일 뒹굴면서 얘기해도 사람들을 즐겁게 해줄 여행과 삶에 대한 추억들이 내게는 많다.

여행이 내게 준 또 하나의 선물은 미래에 대한 꿈이다. 나는 아직도 가보고 싶은 곳이 많고, 하고 싶은 게 많다. 이 지구는 둥글기에 가도 가도 끝나지 않는 세상이란 것을 잘 안다. 그래서 늘 가슴속에 꿈나무를 키운다. 나이를 먹어도 꿈나무가 자라면 늘 청춘이다. 그리고 여행이 내게 준 가장 큰 선물은 현재의 소박함이다.

나는 늘 거창한 것을 추구했다. 사는 게 힘겨울 때마다 의미를 찾았고 거기서 힘을 얻었다. 하지만 답은 늘 시간 따라 장소 따라 변해갔다. 그 변화 속에서 거창한 의미들이 하나 둘씩 나에게서 멀어져갔다. 그런 가운데 남는 것은 소박함이었고 그 속에서 사소한 존재들에 대한 애정이 피어났다.

요즘 개인적인 사정 때문에 예전처럼 여행을 쉽게 떠나지 못하지만 다시 긴 여행의 꿈을 꾸고 있다. 그러나 나는 우리 동네 골목길을 걸어도 여행하는 것 같고, 지하철을 타고 서울을 가로질러도 어디론가 떠나는 것 같다. 강북의 어느 골목길을 걷다가 담벼락에서 햇살을 쬐어도 기분 좋고 강남의 어느 커피숍에 앉아 지나가는 사람을 바라보아도 즐겁다. 내 가슴속에서 거창한 의미와 욕망을 몰아내자 생긴 변화였다.

종종 나에게 '여행하고 나서 무엇을 얻었냐'는 사람들의 질문에 이런 대답을 하고 나면 조금은 싱거워한다.

'그 정도야 굳이 떠나지 않아도 아는 것 아닌가?'라는 눈초리를 던지며.

그러나 사람들아, 실망할 필요는 없다.

마음을 가라앉힌 채 코끝을 스치는 바람의 향기를 맡고 눈앞의 풍경을 그림 보듯이 그윽히 바라보며, 사람들의 섬세한 표정에 몰입해보라. 지금까지와는 다른 세상이 펼쳐진다. 의심이 나면 당장 이 책을 덮고 실행해보라.

우리는 그 속에서 우주의 숨결을 느낄 수 있다. 나와 세상이 하나가 되는 느낌을 받을 수 있다. 단, 마음이 고요하게 가라앉은 상태여야 한다. 나는 누구나 바로 기쁨을 누릴 수 있는 이 평범한 비밀 아닌 비밀을 너무도 오랫동안 돌고 돌아 알아냈다.

소박해지면 삶과 여행이 행복해진다. 이 책을 읽는 여러분들은 여행과 함께 평범한 일상 속의 작은 행복 또한 한 겹, 두 겹 쌓아가길 바란다. 먼 데에서만 찾지 말고 가까운 데서, 바로 지금, 여기서. 그리고 언젠가 낯선 나라의 여행길에서 우연히라도 만나면 우리 모두 무거운 짐 내려놓고, 어깨에 힘 빼고 하하하 웃자. 우리 모두 즐겁게 살자. 아무렴, 도대체 그것 말고 이 세상에서 더 좋은 게 뭐가 있단 말인가.

콩들아, 행복해야 해!

Life is a journey……